Johann Anton Leisewitz

Julius von Tarent - Ein Trauerspiel in 5 Akten

Johann Anton Leisewitz

Julius von Tarent - Ein Trauerspiel in 5 Akten

ISBN/EAN: 9783744604192

Hergestellt in Europa, USA, Kanada, Australien, Japan

Cover: Foto ©Andreas Hilbeck / pixelio.de

Weitere Bücher finden Sie auf **www.hansebooks.com**

Julius von Tarent.

Ein Trauerspiel,
in fünf Akten.

Aufgeführt
am S. Meiningischen Hofe.

Im Jahr 1780.

NB. Der Verfasser ist Herr Leisewiz, privatisirt in Hannover, von ihm sind auch die Pfandungen und das Gespenst um Mitternacht.

Rezension
der allgemeinen deutschen Bibliothek,
des 30sten Bandes, 2tes Stück.

Unter der Menge von Schauspielen, womit man uns jezt überhäuft, haben wir noch keines gefunden, das sich so auszeichnete, wie dieses; und wir glauben nicht zu viel zu sagen, wenn wir behaupten, seit der Emilia Galotti sey kein besseres erschienen. Der Stof ist aus der Florentinischen Geschichte entlehnt, und war der tragischen Behandlung ungemein fähig; auch wissen wir, daß der sel. Meinhard den Plan eines Trauerspiels über eben dies Subjekt unter seinen Papieren hinterlassen hat. —

Manches ist vielleicht nicht vorbereitet, nicht motivirt genug, nicht hinreichend in den Karakter der Personen, und dessen vorläufige Aeußerung verwebt.

Man sieht dargegen aus so manchen Szenen, wie leicht der Verfasser auch in ihrer Behandlung Meister werden könne; der Schluß der ersten im zweyten Akt, zwischen Julius und der Aebtißinn, die zwischen der leztern und der Blanka, zwischen dem Fürsten und Guido, nachdem dieser seinen Bruder ermordet hat, sind treflich und erschütternd. Ueber alles aber verdient die Sprache und der Ausdruck der Gesinnungen in diesem Trauerspiel das größte Lob. Man entdeckt bald den Nachahmer Leßings; aber einen Nachahmer mit eignem Genie, einen Mann, der sich nicht blos einem auflodernden Feuer der Einbildungskraft überläßt, nicht, je phantasiereicher, desto treffender und affektvoller zu schreiben glaubt; sondern der — ein seltner Fall bey unsern neuen Schauspieldichtern! — gesunde Philosophie, tiefe Menschenkenntniß, Schärfe der Beurtheilung, kurz einen sehr richtigen und genährten Verstand überal hervorscheinen läßt.

Dz.

Aus

Aus Tellow's Briefen an Elisa.

Klopstock ist sehr für das Stück, aber nicht so sehr als Er — es ist. Zuviel Witz findet er darinn, und nicht genug vorbereitete Handlung bey dem Schlage, der den lieben Tarentiner zum Grabe niederwirft. Der Meynung sind mehrere. Einer der Männer, auf die ich am meisten im Urtheilen gebe, sagte davon, daß wenn Göthe tragisch Genie hat, so hat Leisewitz tragischen Esprit. Ein anderer: es wären Sonnenstrahlen durch den Brennspiegel concentrirt, aber . . . . . erschüttern mich alle diese Abers und Vergleichungen und Distinktionen wohl? Wirkung, Wirkung entscheidet, und die hat längst dem Julius in meinem Herzen einen Thron gebaut. Es ist sicher ein Trauerspiel der Unsterblichkeit.

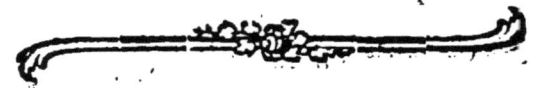

Aus den Frankfurter gelehrten Anzeigen vom Jahr 1776.

Mit hellen, wackern Augen und gewissem Schritte betritt ein Jüngling die tragische Bühne, nicht die Fackel in der Hand und mit einer Larve von Schlangenhaaren, sondern mit einer Stimme, die Herzen zerschneidet; läuft nicht von einem Ende der Bühne zum andern, wie ein Rasender, sondern sieht dem Zuschauer gerade ins Gesicht, und faßt ihn so, daß sein Herz schlagen und seine Zähre fließen muß. Er spricht, als wenn er Jahre lang zu Leßings Füßen gesessen, ist in der Schule der Liebe gewesen, denn

den

den Ungeſtümm der Liebe in der Kloſterſzene kann nur ein alſo empfindender Jüngling treffen, verſteht das weiſe Alter ſprechen zu laſſen, und ſeinen raſchen Zeitgenoſſen. Melpomene ſey mit dir, du Kühner! —

Er wählte ſich Brudermord zu ſeinem Gegenſtande, ein ſchauderichtes Thema, das Geßner, und der Mahler Müller und Frau Klopſtock in der Geſchichte des erſten Brudermörders ausgeführt haben. Doch der ſeinige iſt kein Abel, keine ſchwarze neidiſche Höllenſeele, ſondern ein heroiſcher, rivalirender Karakter, den viele Zuſchauer lieber werden reden hören, als den Julius; ſeine That ſcheint mehr eine Unbeſonnenheit, als hitzige Vollendung eines längſt gehegten Wunſches zu ſeyn. — Die beyden Brüder ſind nur blos in der Liebe entgegen, der eine liebt aus Empfindung, und der andre aus Ehrgeiz; aber beſſer wäre es es gewesen, wenn sie sich in allen Dingen widerstritten hätten; doch das hat der Verf. vielleicht sie nicht thun lassen, um die Simplicität nicht zu stören, der er rühmlich nachgestrebt hat: —

Personen:

Constantin, Fürst von Tarent.

Julius, } seine Söhne.
Guido, }

Erzbischoff von Tarent, sein Bruder.

Gräfin Caecilia Nigretti, seiner Schwester Tochter.

Graf Aspermonte, Julius Freund.

Portia, eine Hofdame.

Ein Arzt.

Blanka, Nonne.

Aebtißin des Justinen-klosters.

Noch eine Nonne.

Ein Bauer aus dem Dorfe Ostiala.

Thomas, ein Bedienter.

Ein Bedienter des Guido.

Pagen.

Trabanten. }
Bewafnete. }
Hofleute.

Herr Cammerherr von Wechmar.

Durchl. der Herr Herzog.

Herr Regier.R. und Cammerjunk. von Steuben.

Durchl. Prinz George.

Frau Oberforstmeisterin von Ziegesar.

Herr Rittmeister u. Cammerjunk. von Steuben.

Fräul. von Leutsch, Hofdame.

Herr Regier.R. und Cammerjunk. von Künsberg.

Durchl. Prinzeßinn Wilhelmine.

Frau Schloßhauptmännin von Löbel.

Durchl. Prinzeßinn Amalia.

Hr. Regier.R. und Camerjunk. von Hammerstein.

Page von Bibra.

Page von Diemar.

Page von Altenstein und von Reckrot.

Soldaten.

Szene: Tarent.
Zeit: Ende des funfzehnten Jahrhunderts.

Erster Akt.

Erste Szene.

Eine Gallerie im fürstlichen Pallast. – Julius und Aspermonte spazieren herein.

Aspermonte. Unbegreiflich! — Sie waren ja schon von Ihrer Liebe bis zur Melancholie genesen; diesen ganzen Monat durch so ruhig!

Julius. Ach, mein Freund, die Liebe hat sich für diesen Monat gerächet, alles das Bittere, das auf seine einzelne Tage vertheilt seyn sollte, goß sie über diese einzige Nacht aus. Eben deswegen bricht die Wolke, weil es nicht zu rechter Zeit regnete.

Asper-

Aspermonte. Ich verstehe noch nichts; — noch gestern Abend waren Sie so ruhig, was machte diese plözliche Veränderung?

Julius. Ein wachender Traum, also noch weniger als ein Traum. Wie ich Abends auf mein Zimmer trete, schiesst der Mond nur eben ein paar Strahlen hinein, und die fallen just auf Blankas Bildnis. Ich seh es an, mich deucht, das Gesicht verzieht sich zum Weinen, und nach einem Augenblick sah ich helle Perlen über seine Wangen rollen. Es war Phantasey; aber Phantasey, die mir alle Wirklichkeit verdächtig machen könnte.

Diese Thränen schwemmten meine ganze Standhaftigkeit weg. Ich hatte eine Nacht — eine Nacht — Glauben sie es, Freund, unsere Seele ist ein einfaches Wesen, — hätte die Last, die diese Nacht auf der meinigen lag, ein zusammengesetztes gedrückt, die Fugen der Theile hätten nachgelassen, und der Staub hätte sich zum Staube versammelt.

Aspermonte. Ach ich kenne diesen Zustand zu gut.

Julius. Was wolten Sie kennen! Sie! — Nennen Sie mir eine Empfindung, ich habe sie gehabt. Immer ward ich von einem Ende der menschlichen Natur zum andern gewirbelt, oft durch einen Sprung von entgegengesezter Empfindung zu entge-

gengeſetzter, oft durch alle, die zwiſchen ihnen liegen, geſchleift.

Alle Möglichkeiten giengen vor mir vorüber, und nothwendig muß ich in einer von ihnen mein Schickſal geſehn haben! — Einmal hatte ich ſchon das Kloſter erbrochen, und führte ſie in meine Kammer — wie ich ſchon an das Brautbette trat, ſah mein Vater mit der Mine der väterlichen Wehmuth herein — ſogleich ließ ich ihre Hand fahren.

Aspermonte. Nutzten Sie das nicht, kamen Sie da Ihrer Vernunft nicht zu Hülfe?

Julius. In der That dieſe Ideen ſchien die Vernunft zu erwecken; ich rief „Julius, Julius, „ſey ein Mann!" — Ja ich ſprach das Julius! Julius! als wenn es die Standhaftigkeit ſelbſt ſpräche; aber das „ſey ein Mann!" zerſchmolz wieder in einen Seufzer der Liebe.

Aspermonte. Gießen Sie aus, gießen Sie aus, edler Jüngling, mein Herz iſt Ihres Schmerzes würdig.

Julius. Und ihr göttliches Bild! — ich ſeh es immer in tauſend Auftritten, in tauſend Geſtalten, wie ſie jedem Alter ſeine Reize abborgte, freymüthige Unſchuld von der Kindheit, Intereſſe von der Jugend, und wie ihr die Liebe durch meinen erſten Kuß Schüchternheit gab. Und die heilige Mine ihres jetzigen Standes! — ſonſt
kann

kann er ihr nichts geben. Die Flamme der Religion hat schon ihr ganzes Wesen geläutert. Und wir kommen hier nur bis auf einen gewissen Strich, — jenseits desselben werden Menschen Schwärmer, aber nicht Engel.

Aspermonte, denken Sie sich einmal die betende Blanka. — Was, Sie stehen stille! — Die Idee haben Sie gewis zum erstenmale; und Sie springen nicht auf wie ein Rasender?

Aspermonte. Sie sind mir überlegen, Prinz! — So stark war nie eine Liebe. Sie haben Recht, ich kenne nichts.

Julius. Sie wissen das ärgste noch nicht; — ich sah noch einmal auf ihr Bildnis, und dachte, was sie in dieser Nacht machte. Wie sie vielleicht über meine Untreue weinte, und der Mond durch ihr kleines Fenster auf ihr Crucifix und Breviarium schien, ein Stral fiel etwa auf mein Bildnis, und anstatt daß ich auf dem ihrigen Thränen sah, sähe sie auf dem meinigen spöttisches Lachen. Die Hölle käm' ihrer Einbildung zu Hülfe, und das Gewölbe des Kreuzgangs schallte von höllischem Hohngelächter wieder.

Aspermonte. Die Vorstellung schickte Ihnen die Hölle.

Julius. Auch konnte die einfache unsterbliche Seele diese Vorstellung nicht tragen; — ich verlor

lor eine Zeitlang alle Empfindung; wie ich wieder dachte, war der erste Sturm der Leidenschaft vor diesmal vorbey. Die Periode der Entwürfe nahm schon ihren Anfang.

Wie ich im Vorsaal herumschwankte, hört' ich, daß meine Wache vor der Thür schnarchte. Ich habe nie einen Menschen so beneidet, als diesen Trabanten. Wenn er auch liebt, so kann er doch schnarchen, dacht' ich. Ich habe ein Herz, und bin ein Fürst; — das ist mein Unglük! — wie soll ich meinen Hunger nach Empfindung stillen! — mein Mädchen nimmt man mir! — und kein Fürst hatte jemals einen Freund. Ach! wer an der Brust eines Freundes liegt, vergesse doch im Glük der Elenden nicht, und weihe guten Fürsten zuweilen eine Zähre.

Diese Betrachtungen führten mich auf einen Entwurf. Was hält dich ab, fiel mir bey, entführe sie, und verbirg dich mit ihr in einen Winkel der Erde. Wirf deinen Purpur ab, und laß' ihn den ersten Narren aufnehmen, der ihn findet.

Nur über die Zeit, wann dieses geschehen solte, war ich nicht eins; — zuweilen dacht' ich, um meinem Vater Gram zu ersparen, bis auf eine gewisse Periode zu warten. — Sie verstehen mich, — aber meistens deucht' es mich bis Morgen schon zu lange.

Die

Die Morgenröthe brach eben an, als ich so träumte; ich gieng in den Garten, und träumte noch so süß, als Sie mich antrafen.

Aspermonte. So bedaur' ich in der That, daß ich Sie störte.

Julius. Freund, so sehr ich von der Liebe taumle, so weis ich doch noch so viel, daß ich taumle. Sie müssen mich leiten, Aspermonte. Rathen Sie mir in Absicht meines Entwurfs! — aber lieben Sie mich auch wirklich?

Aspermonte. Die Frage, und was Sie vorhin sagten, beleidigt mich. Haben Sie denn alles vergessen, daß ich mich Ihnen ganz widmete, weil ich Ihr Herz kannte, und wußte, wie selten Fürsten Freunde haben, daß mir selbst der Zweifel aufstieß, ich schäzte vielleicht in Ihnen den Fürsten und nicht den Menschen — wissen Sie es denn nicht mehr, wie wir da ausmachten; ich sollte ganz unabhängig seyn — Ihnen sogar insgeheim, meinen Unterhalt an Ihrem Hofe bezahlen?

Julius. (umarmt ihn) Verzeihen Sie dem Affekt, auch im Taumel der Liebe fragte mich Blanka: „Julius liebst du mich?"

Aspermonte. Doch ich geb' Ihnen eine entscheidende Probe. Wenn Sie Ihren Entschluß ausführen, und kein Fürst mehr sind, so folg' ich Ihnen.

Julius.

Julius. Also soll ich ihn ausführen?

Aspermonte. Prinz, bedenken Sie. Sie sind die Hofnung eines Landes — die Pflicht für das Ganze! —

Julius. Verschonen Sie mich mit Ihrer Philosophie! — Philosophie für die Leidenschaften, Harmonie für den Tauben.

Aspermonte. So seyn Sie doch wenigstens erst versichert, daß Ihr Entschlus ein Entschlus ist. Ein Traum warf Ihr voriges System um, ein neuer Traum kann Ihr jetziges umwerfen; warten Sie wenigstens einen Monat.

Julius. Ich will warten, (umarmt ihn.) aber unterstüzen Sie mich in dem Monat, unterstüzen Sie mich.

Zweyte Szene.

Julius. Aspermonte. Guido.

Guido. Du läßt mich lange nach dir aussehen, und ich habe doch wichtige Dinge mit Dir zu reden.

Julius. Um Verzeihung.

Guido. Bruder, der Ton, der unter uns herrscht, gefällt mir nicht.

Ich kann hassen, hassen wie ein Mann! — aber es giebt einen gewissen dumpfen Haß, da man nicht

nicht gestehen will, daß man sich nicht mehr liebt, den verabscheu' ich; — da machen sie denn ohne den Geist der Vertraulichkeit noch immer ihre Gebräuche, und begegnen dem Körper der verstorbenen Freundschaft, als wenn sie noch lebte, führen ihn zu Tisch und zu Bett. Wahrhaftig diese Freunde sind ein liebliches Bild, oben die Augen voll Groll, und unten den Mund in einer so natürlich freundlichen Miene, als wenn hölzerne Muskeln aus Drat gezogen würden.

Julius. Laß uns davon aufhören.

Guido. Da trifft Du einen neuen Karakter, — Sie fürchten immer im Gespräch zusammen auf den streitigen Punkt zu kommen, gehen immer hundert Meilen um ihn herum, reden eher von ostindischen Wunderthieren, als von sich. Aber ich will lieber einen frischen Schnitt durch das Geschwür, als daß es unter sich eitere.

Julius. Wenn nun aber kein Geschwür da wäre.

Guido. Du willst mir antworten, Bruder. Gut, so laß mich erst reden. Du weißt meine Rechte auf Blanka; — das vermindert sie nicht, daß mich mein Vater wegen unsers Streites über sie vor fünf Monaten in den kandischen Krieg, und sie ins Kloster schickte. Ich gebe meine Rechte

Rechte nicht auf; das musste ich Dir nach meiner Rückkunft von neuem sagen.

Julius. Deine Rechte ‚ ‚ ‚

Guido. Laß mich ausreden. Ich habe ihr eher als Du meine Liebe angetragen, vor einer grossen Versammlung angetragen, in diesem ganzen Feldzuge, selbst bey königlichen Mahlen sie meine Geliebte genannt; — oft hab' ich bey Turnieren die Weiber zischeln hören: — „Guido von Tarent — „und sie heißt Blanka."

Wie ich im Sturm von Kandia die Mauren zuerst erstieg, rief ich ihren Namen laut aus, und das ganze Heer rief ihn nach. Siehe meine Ehre steht zum Pfande, aber ich will sie lösen.

Julius. Aber Blanka selbst.

Guido. Schweig davon, Bruder. Schönheit ist der natürliche Preis der Tapferkeit; — und dabey haben die Weiber keine Stimme. Fragt man die Rose, ob sie dem, der Geruch hat, duften will? — und wodurch hast Du sie verdient? Glaube mir, wenn man Dich wie ein liebekrankes Mädchen im Pomeranzenwalde irren sieht, man sollte Dich eher für den Preis, als für den Kämpfer halten.

Julius. Bruder, Du wirst unausstehlich beleidigend.

Guido.

Guido. Gut, laß mir meine Rechte auf Blanka, — und denn mache, was Dir gefällt. Sey die Puppe eines erwachsenen Mädchens, komm wie eine zahme Wachtel, wenn sie pfeift, wehr ihr die Fliegen ab, wenn sie schläft! — Sey empfindsam, pflüke Violen, freue Dich, wenn die Sonne aufgeht, und wenn sie untergeht. Laß deinen Aspermonts da unterdessen die Tarentiner regieren, was gehts Dich an, ob sie glücklich sind oder nicht, genug Du weißt dein Mädchen zu lieben; und Trotz sey jedem Sperling geboten.

Julius. Bruder, halt ein und laß Dir sagen.

Guido. Und wenn Du in ihrem Schoosse stirbst, so laß Dir dein Grabmal neben den Trophäen unsers tapfern Ahnherrn Theodorichs aufrichten — Laß' es den Bildhauer mit Rosen und Weinreben zieren, ein paar schnäbelnde Tauben darauf sezen, unten einen weinenden Amor und eine schlafende Geschichte, — aber vor allen Dingen laß ja darauf hauen: „hier liegt ein Fürst von „Tarent;" das kann seinen Nuzen haben, und wenn das Grabmal auch mitten in unserm Erbbegräbnisse stünde. Freylich ՚ ՚ ՚

Julius. Bruder, ich höre, Du willst, ich soll gehen; — ich gehe schon. (ab.)

Drit-

Dritte Szene.

Guido. Aspermonte. Zulest der Erzbischoff.

Guido. (höhnisch.) Der wird die Operation männlich aushalten! Kann er doch nicht einmal vertragen, daß man den Schaden sondirt. Die Wahrheit nicht hören wollen! — hat der Weichling deswegen den Plato gelesen? Ich lobe mir meinen schlichten Menschenverstand. Handeln, Aspermonte, macht den Mann, und wenn es auf den Punkt kommt, so ist Ihre Philosophie todt, freylich mit hohen Sentenzen einbalsamirt, aber doch todt. (Aspermonte will gehen.) Bleiben Sie. Diese Liebe zur Spekulation hat er von Ihnen. Und ob ich gleich nie in Ihren Fechtschulen mit Syllogismen gefochten habe, so will ich es Ihnen erweisen, erweisen will ich es Ihnen, Spekulation tödtet den Muth. Hm, sagten Sie eben das?

Aspermonte. (kalt.) Nein.

Guido. Weil ich doch eben im Zorn bin, — und darin hat noch niemand wissend gelogen; — was hat denn der Schmetterling für ein Recht, mein Nebenbuhler zu seyn; woher wissen wir es, daß er Herz hat? hat er je ein Feldlager gesehen? und wie ich es ihm sagte, männliche Tapferkeit verdient allein die weibliche Schönheit! Warum hat sonst das Weib das tiefe Gefühl seiner Schwachheit,

heit, und der Mann den Muth? Schon in der Natur des Weibes sehen wir so das Verdienst des Mannes bestimmt, und alle andere Verdienste, Resultate menschlicher Einrichtungen, können dies Gesez der Natur nicht aufheben. Und er ist ein Weichling. — Können Sie etwas zu meiner Widerlegung hervorbringen?

Aspermonte. (kalt.) Nichts, gnädiger Herr.

Guido. Nichts? Ich will Ihnen noch mehr sagen. Julius hat die Weichlichkeit zuerst in unser Haus eingeführt; aber er wird ein Herkules gegen seine Nachkommen seyn, Weichlichkeit ist das einzige, worin es natürlicher Weise der Schüler weiter bringt, als sein Meister, und der lezte sinkt immer am tiefsten, wie der, der auf einen sumpfigten Boden zulezt tritt, und auch das kommt mittelbar von Ihnen, — von Ihnen, Aspermonte. Sind Sie stumm? diese blos angenommene Kälte verdriesst mich; verdien' ich nicht, daß Sie mit mir reden?

Aspermonte. Ich kann reden, Prinz, ich kann reden, aber Sie können jezt nicht hören.

Guido. Ha, Wizling, ich fühle die ganze Schwere dieser Beschimpfung. — Genugthuung! (er zieht.) Ich bin als Fürst über Ihre Beleidigungen; aber ich will hier lieber Beleidigter als Fürst seyn; — ziehen Sie!

Asper-

Aspermonte. Ich werde mich in Ihres Vaters Pallast nie mit seinem Sohne schlagen.

Guido. Ziehen Sie, oder ich stosse Sie nieder.

Aspermonte. (zieht, sie fechten, Aspermonte vertheidigt sich nur.) Sehen Sie, Prinz, ich schone Sie.

Guido. Mich schonen, mich schonen, entsetzlich! — das fodert meine ganze Rache. (er ficht hitziger.)

(Der Erzbischoff tritt auf und zwischen sie.) Guido, Guido, willst Du deinen Vater zu seinem Geburtsfeste mit Degengeklirre wecken? —

(zu Aspermonte.) Und Sie ziehen gegen Ihres Herrn Bruder.

Guido. (zu Aspermonte.) Es muß für diesmal genug seyn, — aber vergessen Sie nicht, nur für diesmal! (zum Erzbischoff.) Ich zwang ihn.

Aspermonte. Sie haben es gesehen, ich bin kein Weichling; aber ein Beweis ist genug, ich werde ihm nie einen zweiten geben.

(geht ab.)

Vierte Szene.

Erzbischoff. Guido.

Erzbischoff. Guido, Guido, schon wieder in Flammen?

Guido. Wie kont' ich anders, wie kont' ich anders, er brachte mich durch angenommene Kälte aufs äusserste, sagte mir brennende Beleidigungen mit einem so einfältigen Gesicht, als wenn er auch für die Erbsünde zu dumm wäre.

Erzbischoff. Ich kenne dich, du reizest sie immer zuerst.

Guido. Wer reizet zuerst, der ein hiziges Wort ausspricht, oder der, der ihn durch tausend Thorheiten und stumme Beleidigungen dazu bringt? Wer möchte nicht bersten, wenn er die unthätigen Knaben in ihren Sesseln von Weisheit triefen sieht — Da schwazen sie von Unsterblichkeit, und Freyheit und von dem höchsten Gute, sehen ernsthafter aus, als Markus Portius Kato, wenn er Bauchgrimmen hatte, und doch hat alles das Geschwäz noch nichts gewirkt, als eine sanfte Leibesbewegung des Schwäzers.

Erzbischoff. Aber ich bitte Dich, Guido, wenn das auch so wäre, was geht es Dich an?

Guido. Und alles das wird mit Beyspielen grosser Männer erläutert. Aber beym Himmel! wer

wer ein Held seyn kann, wird kein Geschichtkun:
diger. — Allein da steht der müssige Julius im
Tempel des Nachruhms, bläst den Staub von der
Bildsäule Alexanders, setzt einen neuen Firnis über
die Nase des Caesars, und gafft nach der Erbse
des Cicero. So viel glänzende Beyspiele weis er!
— Lägen grosse Keime in ihm, er wäre selbst ein
Held geworden — oder er hätte sich wenigstens
gehenkt! — Wahrhaftig er kann den ganzen
Abend Leben und Thaten lesen, und doch die
Nacht ruhig schlafen.

Erzbischoff. So hör doch endlich auf Guido.

Guido. Aber das sind die Früchte der geprie:
senen Ruhe, in der jede Tugend rostet — O ich
fühl' es selbst! Warum rief mich mein Vater aus
dem Krieg wider die Ungläubigen? — Da sitz'
ich nun, und muß mir die Zähne stöhren, wenn
ich die Nachrichten hör, daß meine Freunde be:
rühmt werden und (stampft mit dem Fusse.) das
Te Deum singen, wenn Schlachten ohne mich ge:
wonnen werden — Seyn Sie nicht unwillig,
Herr Oheim, lassen Sie mich wenigstens in die
Stangen meines Käfigs beissen.

Erzbischoff. Gut, aber warum verlangst
Du, daß jedermann so chimärisch denken soll
als Du?

Guido.

Guido. Wenn das Chimären sind, so geb' ich nicht diesen Degenknopf für den ganzen Werth des Menschengeschlechts. Aber ich fühl' es hier (indem er sich an die Brust schlägt.) daß ich Wirklichkeiten denke.

Erzbischoff. Laß das gut seyn. Aber warum soll denn jedermann so denken, als Du, wozu die ewigen Parallelen zwischen Dir und Julius?

Guido. Macht er nicht diese Parallelen selbst, steht aller Orten in meinem Wege, schwazt wo ich handle, wimmert wo ich liebe?

Erzbischoff. Ueber den Punkt köntet ihr längst ruhig seyn. — Blanka ist eine Nonne,

Guido. Herr Oheim, Guidos Entwürfe können alle zerstört werden, aber er giebt keinen einzigen auf. Ich wette gern mit dem Schicksal. Laß es die Ausführung meines Entschlusses sezen, ich seze mein Leben — mich deucht, das Spiel ist nicht ungleich. Da ist meine Hand, schlagen Sie im Namen des Schicksals ein.

Erzbischoff. Bedenke, was du schwazest, Blanka steht unter der Gewalt und dem Schuz der Kirche.

Guido. Ich weis, was Sie sagen; ich weis, eine Schlacht ist gegen einen Streit mit der Kirche nur eine Fechtübung gegen eine Schlacht, aber —

Erzbischoff. Halt Guido, ich habe schon vieles gehört, was der Oheim nicht hören sollte. Du willst jezt etwas sagen, was der Bischoff nicht hören darf. (ab.)

Fünfte Szene.

Guido. (allein.)

Hm — (Pause.) ich bin nicht so leicht, als ich nach einem Zweykampf seyn sollte. War es doch nur ein halber, und noch dazu lassen sie mich alle da stehen, wie einen Wahnwizigen, dem man nicht durch den Sinn fahren darf, damit er nicht rasend werde — Aber was thuts, daß andere meine Grundsäze fassen — Gott sey Dank, daß ich welche habe, und daß ich sie behalten kann, wenn mich auch ein Weib streichelt, und ein Teufel mir dräuet. Was wär Guido ohne diese Stetigkeit? — Macht, Stärke, Leben, lauter Schaalen, die das Schicksal abschält, wenn es will; — aber mein eigentliches Selbst sind meine festen Entschliessungen, — und da bricht sich seine Kraft, warum sollte ich meine Entwürfe nicht ausführen? Gehorsam beugt sich die leblose Natur unter die Hand des Helden, und seine Pläne können nur an den Planen eines andern Helden zerschellen; und ist das hier der Fall? — ein
Mäd-

Mädchen aus den Armen eines Weichlings reissen, dessen ganze Stärke meine Tugend und das brüderliche Band ist. Sie seyn mir heilig, aber beim Himmel, meine verpfändete Ehre will ich einlösen --- zwar bekomm' ich durch diese Unternehmung kein Lorbeerblätgen mehr, als ich versetzte, denn ein Sieger kann aus einem Siege nicht mehr Ehre holen, als der Besiegte hat; — und was hat Julius?

Doch das Erworbene erhalten ist auch Gewinn! — O sie sollen es erfahren, was ein Entschlus ist. (geht ab.)

Sechste Szene.

Fürst. Erzbischoff.

Fürst. Das sieht Guidon nur zu ähnlich --- Aufrichtig, Bruder, glaubst Du, daß ich noch einmal ein glücklicher Vater werde?

Erzbischoff. Ich glaub' es in der That.

Fürst. Itzt bin ich es nicht. O wie beugen mich diese Zwistigkeiten! --- wenn nur nicht wahre Disharmonie ihrer Karaktere der Grund davon ist!

Erzbischoff. Ich hoffe nicht.

Fürst. Ich auch nicht; aber ich habe früh Bemerkungen über den Punkt gemacht. Als Guido

Guido noch ein Knabe war, immer im Spiel König seyn wollte, und für die Bewunderung seiner Gespielen so gefährlich auf Bäume und Felsen kletterte, daß sie ihn für schwindelnder Angst kaum bewundern konten; so dacht' ich oft: Hilf Himmel, wenn die Leidenschaften des Knaben erst aufwachen!

Sie sind aufgewacht, und siehe, er ist so geizig nach Ruhm, daß es ihn verdriesst, daß es gleichgültige Dinge giebt, die nicht schänden und nicht ehren. Er wünscht entweder, daß essen Ruhm wäre, oder daß er gar nicht äße. Was nicht Ehre bringt, glaubt er, bringt Schande, das ist sein Unglück.

Erzbischoff. In der That ein unruhiger gefährlicher Karakter!

Fürst. Noch gefährlicher, weil er neben Julius steht — Ehe der als ein Kind wusste, was Liebe ist — hatte er schon ihren schmachtenden Blick, von jeher war sein grösstes Vergnügen, in der Einsamkeit zu träumen.

In ein so vorbereitetes Herz kam die Liebe früh, aber eben so wenig unerwartet, als ein Hausvater in seine Wohnung — Nun stelle diese Karaktere neben einander.

Erzbischoff. Bruder, das, was Du eben da schilderst, und für den besondern Karakter Deiner Söhne

Söhne hältst, ist der algemeine der Jugend. Es giebt keinen Jüngling von Hofnung, der nicht einem Deiner Söhne gliche. Laß nur erst das wilde Feuer der Jugend verlodern.

Fürst. Ehe das geschieht, kann vieles verderben. Als wenn das Feuer so stille verlodern würde, ohn' etwas zu ergreifen! Wie fürcht' ich die romanhaften langsamen Entschlüsse des einen, und das Unüberlegte des andern.

Seitdem ich Blankan ins Kloster bringen ließ, gefällt mir Julius noch weniger, als sonst — und mußt' ich nicht diesen Schritt thun? war sie nicht zu tief unter seinem Stande? Erstickte nicht diese Leidenschaft jeden Trieb in ihm zu dem, was gros und wichtig ist?

Erzbischoff. Verschlimmert ist doch dadurch auch nichts.

Fürst. Gefällt Dir denn das nächtliche Irren im Garten und das Verschliessen bey Tage? Hast Du nicht bemerkt, wie er alles anstarrt, zu allem lächelt, und antwortet wie einer, dessen Seele weit weg ist?

Erzbischoff. Wenn aber die Sache auch nicht so stände, so verlohnt' es der Mühe nicht, daß man davon spräche. Das, wodurch sie am gefährlichsten scheint, ist, daß sie beyde eben dasselbe Mädchen lieben. Aber, glaube mir, Bruder, Guidos
Liebe

Liebe ist keine wahre Liebe, blos ein Kind seines Ehrgeizes, und sie hat keinen Zug, der nicht ihren Vater verriethe.

Fürst. Richtig — aber das macht die Sache nicht besser. Ich weis, er verachtet die Weiber, und seine Liebe an sich mag ein sehr unbedeutendes Ding seyn, und wenn blos sie auf Julius Liebe träfe, dann Bruder könnten wir sicher schlafen; das hiesse ein Kind gegen einen Riesen gestellt, und die werden nicht kämpfen.

Aber darin liegt das Schlimme, daß Guidos Ehrgeiz mit Julius Liebe zusammenstößt, Riese gegen Riese, von denen keiner ein Quentin Kraft mehr oder weniger hat, als der andere; und das giebt hartnäckige, gefährliche Gefechte.

Erzbischoff. Was meynst Du denn, was bey der Sache zu thun sey?

Fürst. Mein Plan ist dieser — Guido liebt Blankan blos aus ehrgeiziger Eifersucht, weil sie Julius liebt.

Es käme also nur darauf an, diesen auf einen andern Gegenstand zu lenken — Guido hörte alsdan von selbst auf.

Erzbischoff. Und wer soll dieser andre Gegenstand seyn?

Fürst. Caecilia — ich habe sie deswegen eben zu mir rufen lassen, und wie mich deucht,
hab'

hab' ich nicht übel gewählt. Ich muß mich wundern, daß der Jüngling nicht schon längst diesen Plan selbst gemacht hat. Eine solche Schönheit täglich zu sehen —

Erzbischoff. Wenn er erst das thäte! — Weißt Du denn nicht, daß es Liebenden Meineyd ist, eine fremde Schönheit zu sehen? Wenn nur ein andres lebhaftes Bild in ihrem Gehirn aufsteigt, so glauben sie schon, ihr Herz sey entweyht.

Und nimm Dich in Acht, daß er nicht mierke, daß jemand einen solchen Plan hat, vielsweniger, daß Du ihn hast. Sein Vertrauen, in Absicht der Liebe, hast Du verloren, und verliert man das Einmal, gewinnt mans nie wieder.

Fürst. Ich werde mich hüten, und Caeciliens jungfräuliche Bescheidenheit ist mir für das Uebrige Bürge — Glaubst Du wirklich, Bruder, daß ich auf diesem Wege die väterlichen Freuden wieder finden werde?

Erzbischoff. So gewis, als ich etwas glaube.

Fürst. Und wie sehr würden sie erhöht werden, wenn Caecilia meine Tochter wäre — zu den häuslichen Freuden eines Greises gehören durchaus Weiber, ihr sanfter Ton stimmt so gut in seinen gedämpften, und rasche Jünglinge und Männer sind doch in seiner Einsamkeit nie recht zu Hause.

Erzb

Erzbischoff. (Caecilia kommt.) Siehe, da kömmt Caecilia — ich werd' euch allein lassen. Sie wird schon ohne mich roth werden. (geht ab.)

Siebende Szene.

Fürst. Caecilia.

Fürst. Guten Morgen, Caecilia — sey Dich zu mir.

Caecilia. Erlauben Sie, lieber Vater und Oheim, daß ich Ihnen erst zu Ihrem Fest Glück wünsche. (küßt ihm die Hand.)

Fürst. Ich danke Dir, liebe Tochter — Setz Dich — (Caecilia setzt sich.) Aber bedenkst Du es, daß Du mir zu einem neuen Grade meiner Schwachheit Glück wünschest? Ich fühl' es, Caecilia, ich fühl' es, daß ich alt werde. Der rosenfarbne Glanz, in dem Du noch alle Dinge siehst, ist für mich verbleicht.

Ich lebe nicht mehr, ich athme nur, und das blosse Daseyn, ohne die Reize des Lebens, ist das einzige Band zwischen mir und der Welt.

Caecilia. Sie halten sich auch für schwächer, als Sie sind.

Fürst. Ich fühle mich — Unmittelbar empfind' ich nichts mehr. Nur Ein Kanal ist noch übrig, durch den sich Süßes und Bittres in

mein

mein Herz ergießen kann, — das sind meine Kinder.

Caecilia. Und Sie sagten, Sie empfänden nichts mehr! Warum stellen sich doch die Reichen so gern arm!

Was haben Sie nicht schon für eine Quelle von Vergnügen, das aus der Betrachtung eines schönen Karakters fließt. Ihre Kinder zusammen genommen, sind beynahe ein Ideal der männlichen Vollkommenheit. Das Sanfte Ihres Julius —

Fürst. Meynst Du das im Ernste, Caecilia? — aber auf die Art gewährt mir die weibliche Vollkommenheit dasselbe Vergnügen. — Auch Du bist meine Tochter.

Caecilia. Wenn Sie nicht scherzen, so zeigen Sie in Absicht meiner, wie die väterliche Liebe, auch die väterliche Eitelkeit.

Fürst. Wenn nun meine Kinder der einzige Kanal sind, durch den mir Freuden zufliessen können, ist es denn Wunder, wenn ich alle in denselben zu leiten suche, und ist die Liebe nicht die größte Wonne des Lebens? — Nicht wie Ruhm und Reichthum, eine Gabe aus den oft schmuzigen Händen der Menschen; nein, ein Geschenk, das die Natur nicht bey ihnen in Verwahrung gab, das sie jedem mit eigner Hand ertheilt. Die Liebe des

des Paars, das heut' am Altar steht, ist wie die Liebe unserer ersten Eltern im Paradiese. — Siehe Caecilia, an seinem sechs und siebenzigsten Geburtstage redet ein Greis mit Entzücken von der Liebe.

Caecilia. Ein Zeichen, daß er tugendhaft liebte.

Fürst. Aber ich verliere meinen Faden — der Strahl der Liebe selbst ist für mein schwaches Herz zu stark, blos sein Widerschein von meinen Kindern ist für mich — Mädchen, Julius hat ein Herz — nicht seine glänzenden Handlungen, seine Verirrungen sollen zeugen.

Caecilia. Ich weis es zu schäzen.

Fürst. Weißt Du, weißt Du wirklich? Wär' er durch die Liebe glücklich! Gäb' er mir eine Tochter! Was ist einem Greise lieber, als die weibliche Sorgfalt einer Tochter! Hätte Julius eine Gattin! —

Caecilia. Sie solte meine erste Freundin seyn.

Fürst. Was für einen Werth könte sie diesem Reste des Lebens geben, an dessen Ende ich aus ihren Armen unvermerkt in die Arme eines andern Engels gleiten würde, — und dieses Weib muß Du seyn, Caecilia!

Caecilia. Ich bitte Sie, Herr Oheim!

Fürst.

Fürst. Jetzt noch keine Erklärung, Mädchen — ich weis, was mir Deine jungfräuliche Bescheidenheit für eine geben müste, und mit der Zeit — Verstehst Du, keine Erklärung!

Caecilia. Bin ich nicht schon Ihre Tochter? und ich will es bleiben, Sie nie verlassen, alles, was Ihnen Vergnügen machen kann, schon von ferne ausspähen, immer um Sie seyn, wenn mich Ihr Vergnügen nicht selbst abruft, aber ---

Fürst. Jetzt keine Erklärung, — allein wenn Du mir an meinem künftigen Geburtstage Glük wünschest, vielleicht im Namen eines Enkels Glük wünschest, so denk' an diese Unterredung. Hörst Du, Caecilia, an diese Unterredung solst Du denken! (sie stehen auf.) Komm, das Frühstück wartet auf uns — Deine Hand —

(er führt sie ab.)

Zweyter Akt.

Erste Szene.

Das Sprachzimmer im Kloster der heiligen Justine.

Eine Nonne ist gegenwärtig.

Julius, nachher die Aebtißin.

Julius. (tritt herein.) Ruft die Aebtißin — (Nonne geht ab.) — Ich muß sie sehn, und wenn ein Engel mit einem feurigen Schwerdte vor ihrer Zelle stünde, (Aebtißin tritt auf.) — ich will die Schwester Blanka sprechen.

Aebtißin. Gnädiger Herr, Sie wissen das Verbot Ihres Vaters.

Julius. Frau Aebtißin, mein Vater ist heute sechs und siebenzig Jahr alt, und ich bin sein Erbprinz.

Aebtißin. Ich verstehe Sie — alsdenn weis ich meine Pflichten, und ich werde Ihrem Sohne unter ähnlichen Umständen dasselbe antworten.

Julius. Sie sollen mir für sie haften — Nonne oder nicht Nonne! — Was ist alter die Regel der Natur, oder die Regel des Augustins? — in meine Kammer will ich sie führen, und wenn sie eine Heilige geworden wär', und einen

Nim-

Nimbus statt des Brautkranzes hineinbrächte, und wenn der Priester, statt des Segens, den Bannfluch über uns bis ins tausendste Glied ausspräche. In diesem Saal will ich ihren Schleyer zerreissen, das schwör ich Ihnen bey meiner fürstlichen Ehre.

Aebtissin. Ich darf nichts, als Sie bedauern.

Julius. Wie ich sage, Sie sollen mir haften. Und find' ich zu der Zeit, die Sie wissen, daß der Verdrus nur einen ihrer Züge tiefer gemacht hat — ich werde schon unterscheiden, was die Traurigkeit gethan hat — so zerstör' ich — merken Sie sich das, Frau Aebtissin! — so zerstör' ich Ihr Kloster bis auf den Altar, und Ihre Schutzheilige wird dazu lächeln, wenn sie eine Heilige ist.

Aebtissin. Gnädiger Herr, wir sind nur Schaafe, aber wir haben einen Hirten.

Julius. (geht einigemal auf und ab.) Wie lange sind Sie im Kloster?

Aebtissin. Neunzehn Jahr.

Julius. Was schied Sie von der Welt — die Andacht, oder diese Mauern? Haben Sie nie geliebt? Waren sie eher Nonne als Weib?

Aebtissin. Ach Prinz, lassen Sie mich. (Sie weint.) Neunzehn Jahr hab' ich geweint und noch Thränen!

Julius.

Julius. Nicht wahr, an diesem Gitter hat er geweint, und er ist todt? nicht?

Aebtissin. Ach mein Ricardo; — (Nach einer Pause.) Sie sollen Blanka sehen. (Verschliesst die äusere Thür und geht ab.)

Zweyte Szene.

Julius (allein.) Nachher Blanka, nebst der Aebtissin.

Julius. Was thut die Liebe nicht? und so viel vermag über dies Weib ein Andenken, der Schatten der Liebe, was muß nicht Hofnung, ihre Seele, bey mir thun! O wer kann diesen Monat ausdauren! Ein Fürstenthum für dich verlieren Blanka, das ist kein Opfer — das heisst ja blos sich in Freyheit sezen — und deinetwegen wollt' ich Ja Jahre lang mein Leben in dem tiefsten Kerker hinziehen, in den von dem erfreulichen Lichte nur so viel Strahlen fielen, als hinreichten, dein Gesicht zu erleuchten — Blankan sehen? — in diesem Augenblicke sehen? — Freylich kostet mir dieses Sehen meine ganze Ruhe; — Hm, das ist nur ein elender Rest, und Ein Blik von ihr wäre der tiefsten Ruhe des grössten Weisen werth.

(Blanka nebst der Aebtissin tritt auf. Julius fliegt auf sie zu.)

Julius.

Julius. O meine Blanka!

Blanka. (tritt einige Schritte zurück.) Keinen Kirchenraub, Prinz!

Julius. Keinen Meineyd, Blanka!

Blanka. Nein — denn ich hoffe dem Himmel mein Wort zu halten.

Julius. Deine Gelübde sind Meineyd. Kann der zweyte Schwur, wenn er auch dem Himmel geschworen, wieder den ersten entkräften? Was ist denn beschworne Treue? Ein verschlossener Schaz, zu dem jeder Dieb den Schlüssel hat! — Aber Du hast dem Himmel nicht gelobet. Deine Gelübde sind nicht bis zu ihm gedrungen. Der Schuzgeist unsrer Verbindung hat sie noch in Verwahrung, und der wird sie Dir am Tage unsrer Hochzeit, zum Brautgeschenk wieder geben.

Blanka. Ich habe vor jenem Altar, Ihnen und der Welt auf ewig entsagt, meinen Kranz zu den Füssen des Altars gelegt, mich selbst, oder vielmehr meine Liebe, dem Himmel geopfert. — Ach sie durchdrang mich so ganz, war so mein Alles! — hätt' ich mich ohne diese dem Himmel geopfert, so hätt' ich ihm nichts, höchstens Spott, dargebracht.

Dieser Schleyer ward an jenem feyerlichen Tage die Scheidewand zwischen mir und der Welt! — Kein Seufzer, kein Wunsch darf zurück. Will ich

ich fröhliche Vorstellungen, so muß ich an die Ewigkeit denken; will ich mit Leidenschaft reden, so muß ich beten. Ich hab' ein enges Herz; Liebe zu Ihnen und dem Himmel kann es nicht zugleich fassen — ich bin eine Braut des Himmels, und Julius, Sie wissen es zu gut, ich kann nicht halb lieben.

Julius. Ich weiß es so gewiß, als ich weiß, daß Du damals den Himmel belogst — unschuldig belogst.

Blanka. Nun ich entsag' Ihnen nochmals — in Ihrer Gegenwart, und blos deswegen nahm ich Ihren Besuch an.

Julius. Du würdest mich tödten, wenn Du nicht Unwahrheiten redetest. Die Liebe hat uns zu einem einfachen Wesen zusammen geschmolzen. Vernichtet können wir zusammen werden, aber nicht getrennt. Mädchen, Mädchen, dein ganzes Wesen war ja Liebe für mich!

Blanka. Es war es, aber ich habe dies Wesen in Gebeten und Seufzern ausgehaucht — itzt hab' ich ein andres Wesen (zieht Julius Bildnis hervor.) — Da nehmen Sie ihr Bildnis zurück — es ist das einzige, was mir von unsrer Liebe noch übrig ist — Nehmen Sie, ich darf das Bildnis eines Mannes nicht haben.

Julius.

Julius. Nimmermehr! Nimmermehr! und wenn Du mir mein Herz und meine Ruhe wieder geben könntest, so möcht' ich sie nicht.

Blanka. (giebt das Bild der Aebtissin.) Und wenn Sie mein Bildnis ansehen, so vergessen Sie nicht, daß das Original nicht mehr da ist, daß itzt eine andre Blanka weint. Leben Sie ewig wohl. Ich kenne Ihr Herz, Prinz, machen Sie bald ein andres Mädchen dadurch glücklich — ich will für Sie und Ihre Gattin beten.

Julius. So bete für Dich selbst. Der Mensch wird nur einmal geboren, und liebt nur einmal.

Blanka. Für mich will ich um Vergessenheit beten — Leben Sie wohl.

Julius. (hält sie zurück.) Blanka erinnerst Du dich der unschuldigen Tage unsrer Jugend? An alles, was uns damals die Liebe gab, Schmerzen und Freuden, Wirklichkeit und Träume, Leben und Athem, wie sie uns ihre schwersten Pflichten so leicht machte, und Gewicht auf ihre leichtesten legte?

Aber Du kannst Dich dessen nicht erinnern! Einer solchen Empfindung kann keine Erinnerung nachkommen. Mitten in unsrer Glückseligkeit glaubten wir gestern, unsre Freuden könnten nicht steigen, und heute, unsre gestrige Leidenschaft sey Kälte.

Kälte. Allein ein schwaches Bild ist doch noch immer ein Bild. — O Blanka denk' an unsre Zusammenkünfte im Citronenwalde, — an die Thränen bey der Ankunft — an die Thränen beym Abschiede!

Blanka. (in tiefen Gedanken.) Wunderbar! Auch Ihnen hat das geträumt? — mir träumte dasselbe.

Julius. Und ich schwöre Dir, diese Tage sollen wieder kommen — entweder unter unsern Citronenbäumen, oder den Palmen Asiens, oder den nordischen Tannen — wo, das weis ich nicht, und es ist mir eins! — Aber ich will zu Dir, und wenn der Weg zu deiner Zelle rauher wäre als der Weg zum Ruhme, und in Gebüschen zur Seite hagere Tiger für Hunger und Durst winselten! — Nur mein Tod kann diese Unternehmung verhindern — aber ich kann nicht sterben, izt fühl' ich meine ganze Stärke, in meinen Gebeinen ist Mark für Jahrhunderte.

Blanka. Ich bitte Sie, lassen Sie mich!

Julius. Es soll eine Zeit kommen, in der Dir von Deinem izigen Leiden nichts mehr übrig seyn soll, als ein wehmüthiges Andenken — nichts mehr als hinreicht, um ein Abendgespräch über vergangene Zeiten interessant zu machen. Auf diesen meinen Armen will ich Dich aus diesem

Kerker

Kerker tragen, und deine Empfindung soll die Freude des Erwachenden seyn, daß der fürchterliche Traum nur ein Traum war.

Blanka. Laßen Sie mich! — Hören Sie, die Glocke zur Hora läutet.

Julius. Aber ein Andenken deines jetzigen Standes must Du mir geben! (Er nimmt ihr den Rosenkranz von der Seite.) Pfand der klösterlichen Liebe, wie will ich dich schätzen! — Mir für nichts feil, als für Deinen ersten Morgenkuß an unserm Hochzeitstage, dafür kannst Du ihn einlösen, und alsdann soll er Dein bestes Hochzeitgeschmeide seyn.

Blanka. Mein Hochzeitstag ist schon gewesen. —

Julius. Zerreiß deinen Schleyer, Blanka! — ich will den grossen Streit mit dem Himmel wagen — Ich weiß, Du liebst mich, aber ich muß es jetzt aus deinem Munde hören, ich beschwöre Dich bey den Tagen der Freude, die vorbey sind, und die kommen sollen, versichere es mir noch einmal. (Er küßt sie.)

Blanka. Aebtissin — helfen Sie mir — (sie wird ohnmächtig.)

Julius. Sie liebt mich! — Sehen Sie, Aebtissin, das ist eine Versicherung, unsrer Liebe würdig, sie liebt mich wahrhaftig! — und wenn
ein

ein Engel seinen Finger auf das Buch des Schicksals legte, und schwöre: Blanka liebt Julius, so wär' es nicht wahrhaftiger.

Aebtissin. Ich bitte Sie, verlassen Sie uns.

Julius. Erst will ich diese göttlichen Augen wieder offen sehen. (Blanka schlägt die Augen auf.)

Es ist genug — Aebtissin, ich danke Ihnen — so winselnd sehen Sie mich nicht wieder.

(geht ab.)

Dritte Szene.

Blanka. Aebtissin.

Blanka. (erholt sich vollends.)

Aebtissin. Er ist weg.

Blanka. Ach hätt' ich ihn nicht gesehn! er hat meine Andacht getödtet, und meine Gebete vergiftet.

Aebtissin. Liebste Tochter!

Blanka. Ich bin nicht Ihre Tochter — ich bin eine Buhlschwester im Nonnenkleide! Sehen Sie das Saamenkörngen der Hoffnung, das er aussäete, ist schon aufgeschossen, Wünsche sind seine Blühen, und wahrscheinlich Verzweiflung seine Frucht. Pflicht und Gelübde habt ihr denn nicht

ein einziges Wort der Stärkung für die arme Blanka? — ach sie sind stumm!

Aebtissin. Oder du bist taub, Blanka.

Blanka. Nicht doch, hör' ich es doch, wenn die Liebe nur eben Julius lispelt! Aebtissin, sagte er nicht, die Tage der Freude selten wieder kommen, in einem entfernten Winkel der Erde wiederkommen? Er hält, was er verspricht. Ja ich sehe schon die Fackeln im Kloster, und höre die Tritte der Pferde, und das Geräusch der Seegel. — Ha — jest sind wir da — in dem entferntesten Winkel der Erde! — diese Hütte ist klein; — Raum genug zu einer Umarmung. — Dies Feldgen ist enge — Raum genug für Küchenkräuter, und zwey Gräber; und dann, Julius, die Ewigkeit; — Raum genug für die Liebe!

Aebtissin. Du schwärmst! — Entferne dich von hier, komm mit in den Garten, komm Blanka.

Blanka. Wohin! wohin! Unter die asiatischen Palmen oder die nordischen Tannen?

(gehn ab.)

Vier-

Vierte Szene.

Die Gallerie im Pallaſt.

Caecilia (den ganzen Auftritt über ſehr tiefſinnig.)
Portia, eine Hofdame.

Caecilia. Der Prinz bleibt lange aus.

Portia. Seyn Sie nicht ungedultig. Ihre ſeltſame Grille, der Liebe und dem Eheſtande auf ewig zu entſagen, erfährt er noch früh genug. (Pauſe, in der ſie Caeciliens Antwort erwartet.) Armes Mädchen, glauben Sie, daß das Ihnen die verſchmähten Freuden der Liebe erſezen kann, wenn die Welt Ihre glänzende Talente, und dieſe Ueberwindung bewundert? Glauben Sie es, Bewundrung iſt eine küzelnde Speiſe, aber ich verſichre Sie, nichts in der Welt ſättigt auch ſo leicht. — Und ſich immer räuchern zu laſſen, dazu gehört die göttliche Naſe eines Gottes, oder vielmehr die hölzerne ſeiner Bildſäule.

Caecilia. Ich habe überlegt — izt bin ich entſchloſſen. — Wie oft hab' ich es dir geſagt! Zu viel und zu wenig überlegen, beides macht gleich viel Unzufriedne.

Portia. Seltſam! O Caecilia, Sie ſehen die Zukunft der Liebe nicht mit den Augen eines Mädchens! — Dieſe roſenfarbne Zukunft, wo jede Stunde
ihr

ihr Füllhorn von Freuden ausgiesst, und verdrängt wird, eh es leer ist. Da ist kein andrer Wechsel, als sanftre Freuden für lebhaftre, der das Leben zu einem Blumenbeet macht, das hier durch die prächtige Rose, und dort durch das bescheidne Veilchen reizt.

Aber Sie — ich habe Sie neulich am Brautaltar Ihres Bruders ausgespäht; War doch in Ihrem Auge so gar nichts von dem, was ich in jedem andern sah — Andenken oder Ahndung der Liebe!

Caecilia. Wer Dich so predigen hörte, gute Portia, solte glauben, Du wärst nie verheurathet gewesen.

Portia. Und glauben Sie denn auf immer vor der Liebe sicher zu seyn? Man kann sie wie das Gewissen mit Mühe auf eine Zeitlang einschläfern, aber beide erwachen zulezt — und was das schlimmste ist, gemeiniglich zu spät.

Caecilia. Der Prinz verweilt mir zu lange — Komm mit mir auf mein Zimmer.

Portia. O daß die Starrköpfe durch Gegengründe nur noch starrer werden! (gehn ab.)

Fünfte Szene.

Julius. Aspermonte.

(treten von verschiedenen Seiten auf.)

Julius. Ach Aspermonte — ich habe sie gesehen — sie gesprochen, sie geküßt.

Aspermonte. Blankan? — Was für ein Schritt!

Julius. Der Riesenschritt der Liebe — Ueber tausend Bedenklichkeiten und Gefahren. Soll denn ein Verliebter, wie ihr andern vernünftigen Leute, vom Gedanken zum Entschluß, und vom Entschluß zur That, Tagereisen hinken?

Aspermonte. Sie sind zu rasch! Voreilig ist kein höhrer Grad des Schnellen. In dem zu heissen Strahl der Sonne, der ein Gewächs versengt, ward es nie zeitig. Und was haben Sie jezt von Ihrem Besuche, als einen Widerhaken mehr im Herzen!

Julius. Hätten Sie sie gesehen, Sie würden nicht fragen. — O des entzückenden Streites der Religion und Liebe um ihre Seele! Beyde vermischten sich so in ihren Empfindungen, daß keine zur andern sagen konnte, diese Thräne ist mein, und diese ist dein. Nur einmal sah ich in ihrem Blicke das Lächeln der Liebe — auf ihrem Nonnengesicht, wie eine Rose, die aus einem Grabe

Grabe blühet. Auch öfnete sie mir ihr Herz nicht, bis es von selbst borst, und versiegelte ihr Geständnis mit einer Ohnmacht, dem Bilde des Todes, wie sie ihre Liebe mit dem Tode selbst versiegeln würde. Kein Geliebter war so glücklich als ich! — ich habe zweymal die Wange eines Mädchens glühen sehn, als sie mir ihre Liebe nicht gestehen wollte, und gestand — Wunderbar! der erste Frühlingstag in einem Tage zweymal. — Aber nennen Sie mir auch etwas, das ich nicht für Blankan thun will! Die mächtigsten Triebe und Kräfte brütet der Strahl der Liebe in unserm Innersten, das zu erreichen der Strahl jeder andrer Leidenschaft zu kurz ist, und nur ein Verschnittener mag sagen: Die Menschheit ist schwach. Alles in meiner Seele lebet und wirket — Kennen Sie den allmächtigen Hauch im Lenze, so reich an Kraft, daß es scheint, er werde die Gränzen der Schöpfung verrücken, und das Leblose zum Leben erwecken? Ein solcher Hauch hat mein ganzes Wesen durchdrungen — Und alles, was ich vermag, seh ich nicht einmal immer. Nur zuweilen zeigt mir ein Entschlus den ganzen Reichthum der Menschheit — zeigt ihn mir auf einen Augenblick, wie ein Blitz, der durch eine unterirdische Schatzkammer fährt, das aufgehäufte Gold.

Asper-

Aspermonte. Ihre Phantasie brennt in einem Grade, daß ich mich fürchte.

Julius. Red' ich unvernünftig? — Gut, der Himmel und Ihr Mädchen vergeben es Ihnen, wenn Sie in ähnlichen Umständen vernünftig reden!

Aspermonte. Und mit eben diesem Ton haben Sie zu Blanka geredet? Sie haben sie doch nicht gar in ihren romanhaften Plan blicken lassen?

Julius. Romanhaft nennen Sie einen Plan, wozu ein wunderbares Zusammenstoßen von Karaktere und Umständen im geringsten nicht nöthig ist, wozu ich kaum einen Menschen brauche? Meine Füsse tragen mich über die Gränzen von Tarent. Sehn Sie da das ganze Wunder.

Aspermonte. Wunders genug, daß ein Jüngling mit jeder Kraft, für alles, was groß ist, begabt, diese Kräfte mit einem Liebesliedgen einschlummert! — Aber glauben Sie es mir, Julius, es wird eine Zeit kommen, in der Sie für Hunger nach edlen Thaten schmachten werden.

Julius. Und ich sag' Ihnen, daß ich diesen Ruhm und diese Geschäfte hassen würde, wenn ich Blanka nie gesehn hätte. Es ist nichts in dem Stande eines Fürsten, was sich für mich schickte, von seiner heiligsten Pflicht an bis auf die

die goldenen Franzen an seinem Kleide. — Ach geben Sie mir ein Feld für mein Fürstenthum, und einen rauschenden Bach für mein jauchzendes Volk! — einen Pflug für mich, und einen Ball für meine Kinder! — Ruhm? — denn mag die Geschichte mein Blatt in ihrem Buch leer lassen — der lezte Seufzer Blankas sey auch der lezte Hauch, den je ein Sterblicher auf meinen Namen verwendet.

Aspermonte. Wie listig Sie Ruhm und Pflicht mit einander verwechseln! — Die Menschen sind nicht da, um neben einander zu grasen, und ein Mann kann sich mit einem süßern Gedanken schlafen legen, als daß er satt ist! — Es giebt gesellschaftliche Pflichten. Im Schuldbuch der Gesellschaft steht Ihr Leben, Ihre Erziehung, Ihre Bildung, selbst diese Kraft zu sophistisiren. Was steht in Ihrer Gegenrechnung? — Prinz, ein Biedermann bezahlt seine Schulden.

Julius. Wahrhaftig, ich bin diesen gesellschaftlichen Einrichtungen viel schuldig. Sie sezen Fürsten und Nonnen, und zwischen beyde eine Kluft. Beym Himmel! ich bin der Gesellschaft viel schuldig.

Aspermonte. Kaltes Blut, Prinz! Sie sollen jezt untersuchen.

Julius.

Julius. Jezt soll ich kaltes Blut haben — Glauben Sie, daß ich ein Thor sey? — Aber gut, der Staat giebt nur Schuz, und fodert dagegen Gehorsam gegen die Geseze. Ich habe diesen Gehorsam geleistet, die Rechnung hebt sich.

Aspermonte. Meine Behauptung wischt mehr Thränen ab, als die Deinige. Siehe Jüngling Dein Vernünsteln ist falsch.

Julius. Ist denn Tarent der Erdkreis, und ausser ihm Unding? — Die Welt ist mein Vaterland, und alle Menschen sind Ein Volk — durch eine allgemeine Sprache vereint! — Die allgemeine Sprache der Völker ist Thränen und Seufzer; — ich verstehe auch den hülflosen Hottentotten, und werde mit Gott, wenn ich aus Tarent bin, nicht taub seyn! — und musste denn das ganze menschliche Geschlecht, um glücklich zu seyn, durchaus in Staaten eingesperrt werden, wo jeder ein Knecht des andern, und keiner frey ist — jeder an das andere Ende der Kette angeschmiedet, woran er seinen Sklaven hält! — Narren können nur streiten, ob die Gesellschaft die Menschheit vergifte! — Beyde Theile geben es zu, der Staat tödtet die Freyheit — Sehen Sie, der Streit ist entschieden! — Der Staub hat Willen, das ist mein erhabenster Gedanke an den Schöpfer, und den allmächtigen Trieb zur Freyheit schäz ich auch

in

in der sich sträubenden Fliege. — Ach nur zweyerley bitt' ich vom Himmel: Blanka, und daß ich keinen Augenblick länger nach Luft, als nach Freyheit schnappe.

Aspermonte. Wie Sie umher schwärmen — Prinz, Ihre Schlüsse macht die Vernunft der Liebe.

Julius. Ist das Vorwurf? — — Wissen Sie es, Aspermonte, jeder hat seine eigne Vernunft, wie seinen eignen Regenbogen! — Ich die Vernunft der Liebe; — Sie die Vernunft der Trägheit! — Wenn wir keinen Augenblick von Leidenschaften frey sind, und die Leidenschaften über uns herrschen, was ist der eingebildete göttliche Funken? — da dunsten aus dem kochenden Herzen feinere und kraftlosere Theile — steigen ins Gehirn, und heissen Vernunft. Aber eben deswegen müssen wir nicht streiten. Hören Sie lieber das Resultat meiner Entschliessungen — ich kann, ich kann diesen fürchterlichen Monat nicht aushalten — Morgen will ich mit Blanka von hier.

Aspermonte. Morgen?

Julius. Ja Morgen! — Ha! mir ist in Tarent so bange, als wenn die Mauren über mich zusammenstürzen würden.

Asper-

Aspermonte. Heute früh wollten Sie noch einen ganzen Monat abwarten, und jetzt keinen Tag, und doch haben Sie keinen einzigen Grund zur Flucht mehr, als heute früh.

Julius. Keinen Grund mehr? Hab' ich sie denn nicht weinen sehen?

Aspermonte. Ziehen Sie hin, und lassen Sie Ihren Vater in seinem Sterbezimmer umsonst nach einem Sohne suchen — Ach, Sie wissen es noch nicht, was es für eine Wollust ist, einem kranken Vater die Kissen zu legen — Ziehen Sie hin! — Sie haben es noch nicht gesehen, wie ein Sohn jeden Morgen auf dem Gesicht des Vaters nach dem Lächeln der Genesung spührt — wie er auf den Nordwind zürnt, der um das Zimmer des Kranken heult, wenn er schlafen mögte, — Ziehen Sie hin! — Wahrhaftig, Sie können es nicht gesehen haben, wie der schon sprachlose Vater das Gesicht noch einmal nach dem Jüngling drehet, und es nicht wieder wendet; — Ziehen Sie hin!

Julius. Aspermonte, der Gedanke an meinen Vater, den Sie mir da erwecken, durchbohrt mir das Herz! — und doch: — meinen Plan auf ewig aufzugeben!

Asper-

Aspermonte. Nicht auf ewig, nur diesen Monat sollen Sie abwarten — es ist ja nur ein Monat.

Julius. Einen Monat? — Ach ich mag thun was ich will, so bin ich unglücklich — Werd' ich am Ende des Monats Blankau, oder meinen Vater weniger lieben?

Aspermonte. Das nicht, aber Sie werden kühler werden — und das ist nothwendig — denn auf jeden Fall müssen Sie wählen.

Julius. Gut, — also einen Monat? — aber das ist ein entsetzlicher Zeitraum — was werd' ich in demselben leiden!

Aspermonte. Vieles. Aber Sie werden sich auch oft zerstreuen, und wenn Sie Ihrem Schmerz noch so getreu bleiben wollten, so werden Sie doch endlich, wenn Sie lange an dem Gegenstand desselben gehaftet haben, auf einen benachbarten abgleiten und von diesem wieder auf einen andern, und so kommen Sie, ohne es zu wissen, über die Gränze der Traurigkeit! — dies ist der einzige wahre Trost der Sterblichen, und so kann ein Sklave bey seiner Kette anfangen, und bey einem Göttermahle aufhören, — aber ich bitte Sie, Prinz, geben Sie der Zerstreuung nach.

Julius. Ich will sehen.

Asper-

Aspermonte. Fassen Sie sich, (Caecilia kommt herein.) Caecilia kommt, Sie hat heute schon einigemal nach Ihnen gefragt.

Julius. Caecilia? — und warum denn eben jezt?

Aspermonte. Fassen Sie sich! Sie ist schon zu nahe, um abgewiesen zu werden. (geht ab.)

Sechste Szene.

Julius. Caecilia.

Julius. Sie haben befohlen --- (bietet ihr einen Stuhl --- sie sezen sich.)

Caecilia. (etwas verwirrt.) Verzeihen Sie, Prinz, ich habe Ihnen Dinge zu sagen, bey denen Sie es vergessen müssen, daß ich ein Mädchen bin, Dinge, die sonst nur der Freund dem Freund, die Freundin der Freundin entdeckt.

Julius. Sie machen mich äuserst aufmerksam.

Caecilia. Sie wissen es, wie Blanka und ich uns liebten --- Wir sind an einem Tage geboren, und für einander geschaffen. Schon in der frühesten Kindheit beschworen wir den Bund der unverbrüchlichen Treue, und schlangen die kleinen Arme

Arme in einander, um zusammen durch das Leben zu bringen. — Sie haben mir vieles zu verdanken, — durch unsre warme Freundschaft reifte Blankas Herz für ihre überschwengliche Liebe; ich habe diese Liebe genährt und gepflegt, von der Zeit an, da Blanka sprach: der Prinz ist reizend, bis dahin, da sie ausrief: Julius, Julius, Inbegrif aller Vollkommenheiten.

Julius. (springt auf.) Ihre Liebe bildete mich zu einem Gotte. — Beym Himmel, ich schäzte ihre Lobeserhebungen nicht halb so hoch, wenn sie wahr wären!

Caecilia. (gerührt.) Lassen Sie uns von Blanka abbrechen, ich bin nicht gekommen, um zu weinen. Nur das muß ich Ihnen sagen, ich halte Ihre Liebe für ein heiliges Feuer, das jeden, der es zu entweihen wagte, verzehren würde.

Julius. Ich verstehe Sie nicht.

Caecilia. Haben Sie Geduld, und erfahren Sie hiemit das erste Geheimnis meines Herzens. Ich habe der Liebe auf ewig entsagt, frey geboren, will ich auch frey sterben, ich kann den Gedanken nicht ausstehn, die Sklavin eines Mannes zu werden, das Wort Heurath klingt mir wie ein Gerassel von Ketten, und der Brautkranz kömmt mir vor, wie der Kranz der Opferthiere.

Julius.

Julius. Caecilia ich bewundre Sie.

Caecilia. Wollen Sie mich durch eine Schmeichelen erinnern, daß ich ein Mädchen bin? Sie verbinden mich nicht, ich hasse mein Geschlecht, ob ich gleich kein Mann seyn möchte.

Julius. Ich weiß nicht, was ich weiter denken soll; — Sie haben mich in ein Labyrinth geführt.

Caecilia. (indem sie aufsteht.) Gut, so will ich Sie heraus führen: — Ihr Vater hat uns für einander bestimmt. (geht schleunig ab.)

Siebende Szene.

Julius (allein.)

Das hätt' ich längst erwarten können. — Viel Reiz, viel Vollkommenheit — und doch möcht' ich alles, was ich für sie empfunden habe, nicht mit meiner untersten Empfindung für meinen untersten Freund vertauschen. Und sie stand mir von jeher durch Verwandschaft und Umgang so nahe, daß man hätte glauben sollen, so bald meine Empfindung nur aufloderte, müßte sie sie zuerst ergreifen. — Liebe, du bist ein Abgrund, man mag begreifen, oder empfinden. — Verachtet die Liebe etwa alles, was sie nicht gemacht hat, sollt'

sollt' es auch nur die Gelegenheit seyn? — oder gehören ihre ersten Ursachen unter die Dinge, die wir nicht wissen, und die wir in unserm Unwillen darüber Zufall nennen? — Dummkopf, sie sagte mir ja in diesem Gespräch die Ursach meiner Kälte selbst. Sie ist kein Weib, darum lieb' ich sie nicht, kein Mann, darum ist sie mein Freund nicht. Steh' ich nun nicht und grüble, warum ich Caecilia nicht liebe? Hab' ich je gegrübelt, warum ich Blanka liebe?

Da ist mir der Name entfahren! Umsonst verwirrt' ich mich in diese Spitzfindigkeiten, um mich zu zerstreuen. Alles im Himmel und auf Erden leitet zu dir, und wenn ich auch an dich nicht denke, so zeiget doch die Art, wie ich an andre Dinge denke, wie du herrschest.

(geht ab.)

Dritter Akt.

Erste Szene.

Die Gallerie im Pallast.

Der Fürst. Caecilia. Julius. Guido.
Der Erzbischoff. Ein Bauer

(Hofleute beyderley Geschlechts in Galla, unter
ihnen Aspermonte und Portia. Alle sind schon gegenwärtig, der Fürst sitzt mit bedecktem Haupt auf
einem Sessel, neben ihm stehen seine Söhne und sein
Bruder, die andern im halben Zirkel.)

Fürst. (steht auf und tritt mit entblößtem
Haupte in die Mitte der Versammlung.) Ich dank'
euch, meine Freunde, ich dank' euch. Wahrscheinlich feyr' ich heute meinen Geburtstag als Fürst zum
leztenmal. — (Pause.)

Ich gehöre nicht zu den Greisen, die nicht
wissen, daß sie alt sind; und wenn mich auch der
Tod nicht ruft, so denk' ich doch in kurzem den
Hirtenstab meinem Sohne zu geben. Meine
Sonne ist schon untergegangen, und ich wollte so
gern in der kühlen Dämmerung mit Ruhe das
lange Tagwerk noch einmal überschauen. Ich
hoffe, mein Gewissen wird mir nichts unangeneh-
mes zeigen. Freylich ist der Rand des Grabes
der rechte Standpunkt zu dieser Uebersicht. Jede
Nation sollte eine Geschichte der lezten Augenblicke
ihrer

ihrer Fürsten unter den Reichskleinodien aufbewahren. Sie sollte immer offen vor dem Throne liegen; da sehe der Regent das Zittern des Tyrannen, der es zum erstenmale empfindet, daß er ein Unterthan ist; aber er sehe auch die Ruhe des guten Fürsten, und bezeuge durch eine gute That, daß er sie gesehen habe.

Was ihr auch erblicken werdet, meine Kinder, so sollt ihr an meinem Sterbebett gegenwärtig seyn.

Ich hoffe, ihr sollt nicht erschrecken.

Ein alter Bauer. (der einen Blumenkranz in der Hand hat, und sich durch die Hofleute drängt.) Das werden sie nicht, wahrhaftig, das werden sie nicht!

Gnädiger Herr, ich bin ein Bauer aus Ihrem Dorfe Ostiala. Die Gemeine schickt Ihnen den Kranz zum Zeichen ihrer Liebe. Wir können Ihnen nichts bessers schenken, denn wir sind so arm, daß wir verhungert wären, wenn Sie es gemacht hätten, wie Ihr Vater.

Fürst. (giebt ihm die Hand.) O daß die Blumen so lange frisch blieben, bis ich sterbe. Ich wollte sie über mein Bett aufhängen lassen! — Ihr Duft wär doch wohl Erquickung für einen Sterbenden. — Nimm den Kranz, Julius, er gehört auch unter die Reichskleinodien.

Der Bauer. (zu Julius.) Ja, Prinz, machen Sie es wie Ihr Vater, und mein Sohn soll Ihnen auch so einen Kranz bringen.

Julius. (weint und umarmt den Bauer.) Dein Enkel noch nicht, guter Mann.

Der Bauer. Gnädiger Herr, Gott erhalte Sie und Ihr Haus.

Fürst. Nein, Freund, ohne Geschenk kannst Du nicht von mir.

Der Bauer. (indem er abgeht.) Nicht doch, gnädiger Herr, da würde ja aus dem ganzen ernsthaften Wesen ein Puppenspiel.

Fürst. Mein Herz ist so voll — (giebt ein Zeichen, die Hofleute, der Erzbischoff, Caecilia und Portia gehn ab.) Meine Kinder, bleibt hier.

Zweyte Szene.

Fürst. Julius. Guido.

Fürst. „Gott erhalte Sie und Ihr Haus?„ — wenn nur ein Haus erhalten werden könnte, das mit sich selbst uneins ist. Ihr kennet den Schmerz eines Vaters nicht, und vermögt ihn nicht zu kennen, aber ihr wisset doch, daß es schmerzt, ein Gewächs verdorren zu sehn, das man selbst gepflanzt und gewartet hat. Nun so denkt euch

den

den Gram eines Vaters, der die Freude an seinen Kindern verliert.

Julius. Ich hoffe, Herr Vater, es ist Ihnen bekannt, daß ich an dem Zwist nicht schuld bin.

Fürst. Diese Freude sollte mir alle Sorgen eurer Erziehung vergelten, aber itzt seh ichs — ich glaubte Vergnügen zu säen, und siehe, ich erndte Thränen. —

Was soll ich von der Zukunft hoffen? — Da ihr jetzt schon so handelt, was werdet ihr nicht thun, wenn euch Liebe und Furcht gegen mich nicht mehr zurück halten! — mit welchen Empfindungen wollt ihr, daß ich sterben soll, wenn ich euch an meinem Todtbett sehe? euch beyde soll ich segnen, und jeder von euch hält Fluch über den andern für Segen auf sein Haupt? O Julius! o Guido! die ganze Welt läst diese grauen Haare in Frieden in die Grube fahren — nur ihr nicht, nur ihr nicht — ich bitt' euch, lieben Kinder, laßt mich in Ruhe sterben.

Julius. Ich versichre Ihnen bey allem, was heilig ist, ich bin unschuldig — und Sie würden meine Mäßigung bewundern, wenn Sie alle Beleidigungen wüßten, die er mir zugefügt hat. — O Bruder, es zerreißt mir das Herz, daß ich so reden muß.

Guido.

Guido. Und die Geduld eines Märtyrers möchte zerreissen, wenn Du von Beleidigungen reden kannst. — Keine Beleidigungen, nur die Wahrheit sollst Du mit Mässigung anhören, wollte Gott, daß Du das könntest!

Fürst. Seyd ruhig — ich weiß es genau, in welchem Grad ihr beyde schuldig seyd. — Aber kannst Du es leugnen, Guido, daß Du heute den Degen gegen Julius Freund zogest, in einem Streit über Deinen Bruder zogest?

Guido. Ich that es, Herr Vater — aber mein Bruder, und nachher Aspermonte, hatten meine Ehre so tief, und mit so kaltem Blute verwundet; — ich wollte, Sie hätten es gehört, mit welcher Kälte sie meine Ehre —

Fürst. Schämst Du dich nicht von Ehre gegen Bruder und Vater zu reden? Wenn diese Thorheit auch die Weisen überschreyt, so sollte sie doch wenigstens die Stimme des Bluts nicht übertäuben.

Guido. Verzeihen Sie, Herr Vater, meine Ehre ist nichts, wenn sie in Betracht des einen etwas anders ist, als in Betracht des zweyten. —

Fürst. Halt, Guido, ich hör' nicht gern Leute deines Temperaments mit kochendem Blut von Grundsäzen reden — im Affekt trefft ihr so wenig, als andre das rechte Ziel — und seyd denn

E nach-

nachher immer bereit, jedes im Affekt gesprochene Wort mit Eurem Blute zu versiegeln. Jetzt nichts mehr davon, ich will zu einer bequemern Zeit davon mit Dir reden — wenn Du mehr dazu aufgeräumt bist, einmal mit Ruhm aus einem Feldzuge zurückkommst, oder sonst eben eine grosse Handlung gethan hast.

Guido. Möchten Sie bald diese Gelegenheit finden!

Fürst. Ich kann sie finden, wenn Du willst: — und Du, Julius, kannst mir eine ähnliche geben; Du brüstest Dich mit Deinem Muth, und Du mit Deiner Philosophie. Eure thörichte Liebe zu überwinden, ist eine rühmliche Laufbahn für beyde. Lasst sehn, wer am ersten beym Ziel ist! Und dass euch jetzt noch die Eifersucht entzweyt! Sonst glaubt' ich, es sey nichts thörichter, als eure Liebe; aber ich habe mich geirrt, eure jetzige Leidenschaft ist noch thörichter. Unmöglich kann einer von euch Blankan besitzen, sie ist eine Nonne — für euch todt — ihr könnt mit eben dem Recht die schöne Helena, oder Cleopatra lieben. Eure Liebe ist also ein Nichts! — und doch seyd ihr eifersüchtig? — Eifersucht ohne Liebe: — das heisst keinen Wein trinken, und Thorheiten eines Berauschten begehn. — Oder glaubt ihr, der Liebe sey nichts unmöglich? — Versucht es —
aber

aber ihr werdet hier alles finden, was den Menschen aufhalten kann — Schwur und Religion, Riegel und Mauern. — Ueberleg das, Julius, und hör auf zu trauern.

Julius. Ich habe noch nicht einmal so lange getrauert, als ein Wittwer um seine Gattin — und Sie sagten ja, Blanka sey todt. Und sehen Sie, meine Klagen sind ja nicht das Haarausraufen am Sarg, es sind ja nur die Thränen am Grabsteine. Sehn Sie meiner Schwachheit etwas nach, lieber Vater!

Fürst. Ich hab' ihr nachgesehn — aber wenn ich es länger thue, so wird meine Nachsicht selbst Schwachheit. Wach' endlich auf, und sey das, was Du seyn sollst — Du bist kein Mädchen, die Liebe ist nicht Deine ganze Bestimmung. Du wirst ein Fürst, und mußt dem Vergnügen der Tarentiner Dein Vergnügen aufopfern lernen.

Julius. Da verlangen die Tarentiner zu viel.

Fürst. Nicht zu viel, mein Sohn — hier ist nichts mehr als ein Tausch. Du giebst ihnen Dein Vergnügen, und sie Dir ihren Ruhm.

In einem Jahrhundert bist Du der Fürst, der einzige von allen Deinen Tarentinern, den man noch kennt, wie eine Stadt mit der Entfernung verschwindet, und blos noch die Thürme hervor-

hervorragen; — und doch war jeder vergeſſne Tarentiner ein Theil des Staats, ohne den Du kein Fürſt ſeyn konnteſt, jeder arbeitete für Dich, trug ein Steinchen zu der Ehrenſäule, auf die Du zuletzt Deinen Namen ſchriebeſt.

Julius. Aber, Herr Vater, wenn ich nun ein verborgnes Leben ſo begierig ſuchte, als die Liebe ein dunkles Myrtengebüſch; — ſo tauſcht' ich auf die Art Schatten für ein wirkliches Gut ein.

Guido. Bruder, Du redeſt wie ein Träumender.

Fürſt. Julius, Julius, Du biſt tief geſunken; — doch ich will mich nicht erzürnen. Ich ſeh, es iſt noch zu früh mit Dir vernünftig zu reden — Gründe ſind eine ſtärkende Arzney, und bey Dir hat ſich die Krankheit noch nicht gebrochen — Dir gehts wie den Leuten, die nichts ſehen, weil ſie zu lange ſtarr auf einen Gegenſtand ſahen.

Julius. Ich will mich zwingen, Vater, einen Kampf kämpfen, der mir viel koſten wird.

Fürſt. O Sohn, ſollte mein graues Haupt nichts über Dich vermögen — meine Runzeln nichts gegen ihre reizende Züge, meine Thränen nichts gegen ihr Lächeln, mein Grab nichts gegen ihr Bette?

Julius. O mein Vater!

Fürſt.

Fürst. (weint.) Julius, dies sind nicht die Thränen eines Mädchens, — es sind die Thränen eines Vaters, — auch um Dich vergieße ich sie, Guido, Du gehst mit Deinem Bruder zu gleichem Theile — wie Du so sprachlos da stehst? — Ich bitt' euch, lieben Kinder, macht mir eine Freude, und umarmt Euch — sollt' es auch nur mit halben Herzen geschehn, ein Schauspiel seyn, das ihr an meinem Geburtstag aufführt, — ich will mich täuschen, der getäuschte Zuschauer weint ja auch Freudenthränen vor dem Schauplaz! (sie umarmen sich.) — Die Wollust hab' ich lange nicht gehabt: (er umarmt sie beyde.) ich bitt' euch, lieben Kinder, laßt dies graue Haar mit Frieden in die Grube fahren.

(geht betrübt ab.)

Dritte Szene.

Guido. Julius.

Guido. Julius, kannst Du die Thränen eines Vaters ertragen? ich kanns nicht.

Julius. Ach, Bruder, wie könnt' ich!

Guido. Meine ganze Seele ist aus ihrer Fassung, ich möchte mir das Gewühl einer Schlacht wünschen, um wieder zu mir selbst zu kommen. — Und das kann eine Thräne? Ach was ist der Muth für ein wunderbares Ding! Fast möcht' ich

ich sagen, keine Stärke der Seele, blos Bekanntschaft mit einem Gegenstande — und wenn das ist, ich bitte Dich, was hat der Held, den eine Thräne ausser sich bringt, an innrer Würde vor dem Weibe voraus, das vor einer Spinne auffährt! —

Julius. Bruder, wie sehr gefällt mir dieser Dein Ton!

Guido. Mir nicht, wie kann mir meine Schwäche gefallen! Ich fühle, daß ich nicht Guido bin. Wahrhaftig, ich zittre — o wenn das ist, so werd' ich bald auf die rechte Spur kommen! — ich hab ein Fieber.

Julius. Seltsam — daß sich ein Mensch schämt, daß sein Temperament stärker ist, als seine Grundsäze.

Guido. Laß uns nicht weiter davon reden! — meine jezige Laune könnte darüber verfliegen, und ich will sie nuzen; man muß gewisse Entschlüsse in diesem Augenblick ausführen, aus Furcht, sie möchten uns in dem künftigen gereuen. Du weißt es, Bruder, ich liebe Blankan, und habe meine Ehre zum Pfande gegeben, daß ich sie besizen wollte. — Aber diese Thränen machen mich wankend.

Julius. Du sezest mich in Erstaunen.

Guido. Ich glaube meiner Ehre genug gethan zu haben, wenn sie niemand anders besizt,
wenn

wenn sie bleibt, was sie ist — denn wer kann auf den Himmel eifersüchtig seyn? Aber du siehst, wenn ich meine Ansprüche aufgebe, so mußt Du auch die Deinigen mit alle den Entwürfen, sie jemals in Freyheit zu sezen, aufgeben —— Laß uns das thun, und wieder Brüder und Söhne seyn! — Wie wird sich unser Vater freuen, wenn er uns beyde zu gleicher Zeit am Ziel sieht, wenn wir beyde aus dem Kampfe mit einander als Sieger zurückkommen, und keiner überwunden: — und noch heute muß das geschehn, heut an seinem Geburtstage.

Julius. Ach Guido!

Guido. Eine entscheidende Antwort.

Julius. Ich kann nicht.

Guido. Du willst nicht? so kann ich auch nicht. Aber von nun an bin ich unschuldig an diesen väterlichen Thränen, ich schwör' es, ich bin unschuldig. Auch ich bekäme meinen Antheil davon, sagte er. — Siehe, ich wälze ihn hiemit auf Dich. Dein ist die ganze Erbschaft von Thränen und Flüchen!

Julius. Du bist ungerecht — glaubst Du denn, daß sich eine Leidenschaft so leicht ablegen lasse, wie eine Grille, und daß man die Liebe an und ausziehen könne, wie einen Harnisch? — Ob ich will — ob ich will — wer liebt, will lieben und

und weiter nichts. — Liebe ist die grosse Feder in dieser Maschine; und hast Du je eine so widersinnig künstliche Maschine gesehn, die selbst ein Rad treibt, um sich zu zerstören, und doch noch eine Maschine bleibt?

Guido. Ungemein fein, ungemein gründlich; — aber unser armer Vater wird sterben!

Julius. Wenn das geschieht, so bist Du sein Mörder! — Deine Eifersucht wird ihn tödten, und hast Du nicht eben gesagt, Du könntest Deine Ansprüche aufgeben, wenn Du wolltest — heißt das nicht gestehn, daß Du sie nicht liebst, und doch bleibst Du halsstarrig? Dein Aufgeben wär nicht Tugend gewesen, aber Dein Beharren ist Laster!

Guido. Bravo! bravo! das war unerwartet!

Julius. Und was meynst Du denn?

Guido. Ich will mich erst ausfreuen, daß die Weisheit eben so eine schlanke geschmeidige Nymphe ist, als die Gerechtigkeit; eben so gut ihre Fälle für einen guten Freund hat. Ich könnte meine Ansprüche aufgeben, wenn ich wollte? — Wenn die Ehre will! — Das ist die Feder in meiner Maschine — Du kannst nichts thun, ohne die Liebe zu fragen, ich nichts ohne die Ehre: — wir können also beyde für uns selbst nichts, das denk' ich ist doch wohl Ein Fall.

Julius.

Julius. Hat man je etwas so unbilliges gehört, die erste Triebfeder der menschlichen Natur mit der Grille einiger Thoren zu vergleichen!

Guido. Einiger Thoren? — Du rasest! — Ich verachte Dich, wie tief stehst Du unter mir! Ich halte meine Rührung durch Thränen für Schwachheit, — aber zu diesem Grade meiner Schwachheit ist Deine Tugend noch nicht einmal gestiegen.

Julius. Es ist immer Dein Fehler gewesen, über Empfindungen zu urtheilen, die Du nicht kennst.

Guido. Und dabey immer ums dritte Wort von Tugend zu schwazen! — ich glaube, wenn Du nun am Ziel Deiner Wünsche bist, und Deinen Vater auf der Bahre siehst, so wirst Du, anstatt nach gethaner Arbeit zu rasten, noch die Leichenträger unterrichten, was Tugend sey, oder was sie nicht sey. —

Julius. Wie hab ich mich geirrt! Bist du nicht schon wieder in deinem gewöhnlichen Tone?

Guido. Siehe, Du hoffest auf seinen Tod, kannst Du das leugnen? glaubst du, daß ich es nicht sehe, daß Du alsdann das Mädchen aus dem Kloster entführen willst? — Es ist wahr, alsdann bist Du Fürst von Tarent, und ich bin nichts — als ein Mann. — Aber Dein zartes Gehirn hirnchen könnte zerreissen, wenn Du das alles lebhaft dächtest, was ein Mann kann. — Gott sey Dank, es giebt Schwerdter, und ich hab einen Arm —. — einen Arm, der noch allenfalls ein Mädchen aus den weichen Armen eines Zärtlings reissen kann! — ruhig sollst Du sie nicht besizen, ich will einen Bund mit dem Geiste unsers Vaters machen, der an Deinem Bette winseln wird.

Julius. Ich mag so wenig, als unser Vater, von Dir im Affekt hören, was du thun willst.

(geht ab.)

Vierte Szene.

Guido (allein.)

Gut, wenn Du ewigen Krieg haben willst, so kannst Du ihn finden, bleibt doch mein Plan dabey, wie er ist! — Ich bin zum Kriege geboren. Nichts wird anders, als daß ich Blankas Namen zum Feldgeschrey nehme! — — Aber Dein Plan, Julius, wird verändert werden, Du wirst mit ihr Dein Leben nicht ruhig hintändeln! — Die Furcht vor Deinem Nebenbuhler soll Dich immer verfolgen, — ich will Dir eine Erinnerung in die Seele sezen, die Dir stets Guido zurufen soll, heller Guido rufen soll, als das Gewissen eines Vatermörders: Mörder! — Jeden Gedanken in Dir

will

will ich mit meinem Namen stempeln, und wenn Du Blankan siehst, sollst Du nicht an sie, sondern an mich denken. — Mitten in Euren Umarmungen soll plözlich mein Bild in Eurer Seele aufsteigen, die Küsse werden auf Euren Lippen zittern, wie Tauben, über denen ein Adler hängt. Des Nachts sollst Du im Traum sehn, wie ich sie Dir entführe, und so erschrocken auffahren, daß Blanka aus Deinen Armen gleiten, erwachen und schreyen soll, Guido! (geht ab.)

Fünfte Szene.

Aspermonte (tritt auf.) Julius.

Aspermonte. Ich darf ihn diesen Monat keine Minute aus den Augen verlieren! — und was ist ein Monat so kurz, um eine zerrüttete Phantasie in Ordnung zu bringen! — und doch konnt' ich kaum diese Frist erhalten. — Das ist noch das Beste, daß ich den Weg weiß, den ich zu gehn habe. Seine Vernunft ist keine unpartheyische Richterin mehr; ich muß an sein Herz appelliren.

Julius. (tritt eilig auf.) Gut Aspermonte, daß ich Sie treffe, schaffen Sie mir sichre Leute, und ein Schiff, eilen Sie, ich gehe heut Abend mit Blankan von hier.

Aspermonte. Prinz —

Julius.

Julius. Aspermonte, keine Lobreden an weise Fürsten, und löbliche Regenten; — ich bin sie müde! — Sie könnten mir den unsterblichen Ruhm anbieten, der die Unermeßlichkeit zu Schranken, und die Sterne zu Gefährten hat; — ich gehe mit Blankan — nichts weiter! Mein Bruder hat Recht, ich habe geschwazt, wenn ich hätte handeln sollen.

Aspermonte. Ist der Monat schon wieder verstrichen — und haben Sie keinen Vater mehr?

Julius. Ich hab' Ihnen gesagt — doch ich will meinen Vorsaz, nicht weiter über die Sache zu denken, noch einmal brechen. Wissen Sie denn, ich habe meinen Vater weinen sehn, und diese Thränen haben meinen Entschlus nicht wankend gemacht — Freylich fehlte unendlich wenig daran, aber unendlich wenig ist hier genug! — Es ist unnüz, diesen Monat abzuwarten; was kann darin, was kann in meinem Leben meinen Plan wankend machen, da es die Thränen meines Vaters nicht gethan haben?

Aspermonte. Das möcht' ich so dreist nicht behaupten.

Julius. Hören Sie mich ganz an. Sie sollen nicht über meine einzelne Gründe, sondern über alle zusammengenommen urtheilen — Guido hat

mir

mir eine Aussicht in meine Seele eröfnet, vor der mir schaudert.

Ich will es Ihnen gestehn: — in den Augenblicken, da mich der Gedanke verlies, Blankan heute zu entführen — verschob ich es blos bis auf den Tod meines Vaters, in einer Zeit, in die meine Gedanken um keinen Schritt weiter vordringen sollten, als meine Wünsche. — Gott, ich kann die Idee nicht ausstehn, mein Glück von dem Tode meines Vaters zu erwarten. — Und wenn es mir einfält; — ach Sie wissen es, ich habe die Saite niemals berührt! — daß mein Vater Blankan ins Kloster bringen ließ: — Ich muß von hier, ich muß von hier, um meinen Vater zu ehren!

Aspermonte. Ich liebe diese tugendhaften Gründe, aber sie überzeugen mich nicht.

Julius. Und wenn ich Blankan nicht aus ihrem Kerker reisse, so thut es Guido — er hat es gelobet, und auf sein Wort kann man bauen — Aspermonte, ich zittre vor der Vorstellung, diese Säle des Vaters könnten vom Blute der Söhne triefen.

Aspermonte. Unterdessen deucht mich die Gefahr noch nicht so bringend, daß Sie nicht noch einige Zeit abwarten könnten.

Julius.

Julius. So soll ich es länger ansehn, daß diese Vollkommenheiten im Kloster verwittern, daß jeden Tag der Schmerz neue Anmuth und Reiz von ihr, wie der Sturm die Blüthe von einem Baume abschüttelt! Soll sie noch länger über mich seufzen, und es aus Edelmuth sich verbergen wollen, daß sie es über mich thut! O je leiser diese versteckten Seufzer im Justinenkloster sind, desto lauter schreyen sie im Ohr der Rache. — Unmensch, ich seh es an Deiner Kälte, Du willst mich verlassen! Was sagte ich doch wahr: die Fürsten haben keine Freunde! — Gut, so geh ich allein.

Aspermonte. Ich gehe mit Ihnen.

Julius. (umarmt ihn.) O so zärtlich haben Sie mich nie an Ihr Herz gedrückt — Ich fühl' es schon, daß ich aufgehört habe, ein Fürst zu seyn.

Aspermonte. So will ich ist gehn, um unsre Angelegenheiten zu besorgen — Vergessen Sie Ihre Kostbarkeiten nicht, sie müssen Ihren künftigen Unterhalt ausmachen — Aber wohin denken Sie?

Julius. Das überlaß ich Ihnen.

Aspermonte. Ich hab einen Freund in einem entfernten Winkel von Deutschland, der uns gern aufnimmt.

Julius. So sey Deutschland die Freystadt der Liebe. — Eilen Sie. Ich will unterdessen auf einem Spazierritt den väterlichen Fluren Lebewohl sagen.

(gehn ab.)

Sechste

Sechste Szene.

Blankas Zelle.

Blanka. (Sitzt vor einem Tische, worauf einige Bücher und andres geistliches Geräth liegen, sie liest in einem Folianten.)

Ich kann nicht weiter, meine Andacht ist Sünde. Julius! immer um den dritten Gedanken Dein Bild! (macht das Buch zu und steht auf.) Und dieser Wechsel von Metten und Vespern, von Begierden und Reue, das ist es, was sie das Leben nennen, und Jugend, der Frühling des Lebens? Gott, was giebt meiner Seele Friede? — vereinigt diese Empfindungen, von denen eine die andere bekämpft, und diese Gedanken, von denen jeder den andern Lügen straft? (Pause.)

Nichts als der Tod! Noch Julius mein Lieblingsgedanke? — In den Tagen der Freude dacht' ich anders — ich dachte, Tod verändert die Liebe nicht, — ich habe meine Unsterblichkeit nie so stark, als in Julius Armen gefühlt, ich empfand, meine Liebe ist ewig, also, dacht' ich, muß es mein Geist auch seyn. Aber itzt, da ich ihre Quaalen kenne — er wird mein starres Auge nicht zudrücken. — Nein, nein, die Liebe stirbt.

(Sie liest einige Augenblicke, schlägt aber bald das Buch zu.)

Ach ich habe ja schon einmal das Entzücken der Andacht gefühlt; sie ist mit der Liebe die erste Empfindung unsrer Natur. Und sind sie nicht verwandt, verschiedne Gesänge auf eine Melodie? — Ich glaubte mich schon so stark, und die Erde schon unter meinen Füssen. — Sein Bild, sein Bild! — ich sank ganz zurück, und sah mit Erstaunen, daß ich kaum einen Schritt zurücksank — arme Blanka! (weint.)

Siebende Szene.

Aebtissin (tritt auf.) **Blanka.**

Aebtissin. Guten Abend, Schwester, was machst Du?

Blanka. Ich weine.

Aebtissin. Uebereile Dich nicht, Du brauchst noch lange Thränen.

Blanka. Noch lange? — aber sind Thränen nicht wider unsre Gelübde?

Aebtissin. Ich hoff' es nicht. Nur Thaten, nicht Empfindungen kann ja der schwache Sterbliche geloben.

Blanka. Gut, ich bin ein Weib, und bin ich nicht das, was ich seyn soll? ich beneide keine Heilige, gönn' ihr ihren Weihrauch, ihren Glanz, und ihre Palmen, ihr Bild unter Engeln stehe immer auf Altären, werde in Prozessionen getragen,

gen, ihre Wunder mögen Bücher anfüllen; — Seyn Sie versichert, Aebtissin, keine von diesen Weibern hat wie ich geliebt. Sonst hätten wir von ihr nur Eine Legende: — sie starb vor Quaalen der Liebe.

Aebtissin. Du hast Recht, eine Heilige ist blos eine schöne Verirrung der Natur.

Blanka. Ich darf also weinen? — von heut' an bin ich weniger unglücklich.

Aebtissin. Aber mässige Dich, Kind, man kann sich zerstreuen?

Blanka. Zerstreuen? — Meine Seele ist nicht zum zerstreuen gemacht, auch als ich noch lebte, hatt' ich nur Einen Gedanken. — Was soll mich zerstreuen? selbst in dem Gedanken, der von fern Andacht schien, liegt Julius verborgen, und die Betrachtung der Ewigkeit! — Ewigkeit ist ja die Dauer der Liebe. Sehn Sie, wie der Mond scheint! Sie denken sich ihn als einen leuchtenden Weltkörper — ich seh an ihm blos den Zeugen meines ersten Kusses — ein nicht zu raubendes Andenken meiner Liebe — Sey gegrüsst, lieber Mond!

Aebtissin. Auch Ricardo — (sie drückt Blankas Hand; Pause.)

F   Blanka.

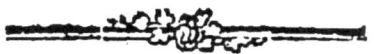

Blanka. Wie lange weint hier ein verliebtes Mädchen, ehe die lezte Hofnung stirbt, die auf die entfernteste Möglichkeit gebaute Hofnung?

Aebtissin. Die Hofnung stirbt nie, aber wohl das Mädchen.

Blanka. Haben Sie Beyspiele? (umarmt die Aebtissin.) Nennen Sie sie mir, noch ehe der Tag anbricht, will ich ihr Grab mit Rosen und Maaslieben, und meinen Thränen ehren.

Aebtissin. Spare Rosen und Thränen! — bald möchtest Du sie für mein Grab brauchen.

Blanka. Nein, Aebtissin, Ihre Thränen und Rosen für mich!

Ich will mit dem Tod einen Bund machen, Martern für mich ersinnen! — solche Seufzer sollen diese Mauern nie gehört haben, Augustin soll gestehn, seine Regel sey Weichlichkeit, Heilige, durch mich mit der Liebe versöhnt, sollen für Mitleiden, und Märtyrer für Beschämung das Gesicht verwenden.

Aebtissin. Tochter, deine Phantasie wird wild!

Blanka. Rosen und Thränen für mich! die so gebogne Natur wird doch endlich einmal brechen.

Aebtissin. Komm, es ist Zeit zur Hora, wir sind ohnedem immer die lezten auf dem Chore.

Blanka. Ha! wenn nun die freye Seele zum erstenmal über dem hohen Dome flattert — Jahrhun=

hunderte werd' ich brauchen, ehe ich wieder Freuden fühlen kann, zumal unendliche Freuden — — und, Aebtissin, wenn Du denn meinem Gebeine das versprochne Opfer bringst, und Du hörst ein sanftes Lispeln, so denke, das heißt auf irrdisch: Schwester bald Rosen und Thränen für Dich.

Aebtissin. (im Herausgehn.) Ach solche Klagen hörte dies Gewölbe seit Jahrhunderten!

(gehn ab.)

Vierter Akt.

Erste Szene.
(Im Pallast.)

Julius.

Auf ewig verlassen — — auf ewig! hätt' ich es von ferne dieser Empfindung angesehen, daß sie so stark wäre! aber bisher hab' ich nur auf meine Vereinigung mit Blankan, und nicht auf Trennung von Vater und Vaterland gedacht. Einen Vater am Rande des Grabes verlassen! — Wie wird er sich ängstigen, eh' er mein Schicksal erfährt, und wenn ers erfährt, ist er glücklicher, wenn er gewisse Betrübnis für ungewisse Angst eintauscht? — Nie dich wiedersehen, Tarent, nie die Sonne hier heller scheinen, und die Blumen frischer blühn sehn, als an jedem andern Orte! und ihr Freuden

der

der Rückkunft, bestes Produkt des mütterlichen Landes, ich werde für euch todt seyn — nie das Jubelgeschrey des Schifvolks hören, wenn es diese väterliche Küste sieht — nie in einer Abendsonne die Thürme von Tarent wieder glänzen sehn, und mein Pferd schärfer spornen. Niemals werd' ich wieder in diesem Saal alles, was ich liebte, an einem Tisch versammelt finden; nie wieder hören, daß mein Vater spricht, Gott segne euch, meine Kinder! und alle diese Bande, die ich zum Theil eher trug, als ich die Welt betrat, zerreiss' ich um eines Weibes willen! — um eines sterblichen Weibes willen! — nein, nicht für ein sterblich Weib, für dich, Blanka, Du bist mir Vaterland, Vater, Mutter, Bruder und Freund!

Zweyte Szene.

Julius. Aspermonte.

Julius. Wie stehts, Aspermonte?

Aspermonte. Alle Anstalten sind getroffen, die aufgehende Sonne muß uns schon auf dem Meere finden.

Julius. Und wie ist Ihr Plan?

Aspermonte. Ich habe zwanzig Bewafnete zusammen, und die denk' ich in zwey Haufen zu theilen — mit dem einen fallen wir ins Kloster, und

und verſichern uns ihrer Perſon — der andre ſoll mit dem Reiſegeräthe an der Gartenthür auf uns warten — ein Schiff liegt bereit, und der Wind iſt vortreflich.

Julius. Aber Sie haben doch auch für Blankas Bequemlichkeit geſorgt?

Aſpermonte. Als wenn ſie meine Geliebte wäre.

Julius. Ich dank' Ihnen; aber, lieber Aſpermonte, ich hab' es nie ſo ſtark gefühlt, was Vaterland ſey, als jetzt.

Aſpermonte. Prinz, noch iſt es Zeit! — Verlaſſen Sie Tarent nicht, wenn Sie es ungerne verlaſſen.

Julius. Ich verlaſſe es wie ein Weiſer das Leben, gerne, aber unwillführliche Schauer regen ſich — und für die kann er nicht.

Aſpermonte. Haben Sie ihren Spazierritt gemacht?

Julius. Ja; und dieſe melancholiſchen Empfindungen ſind eben die Frucht davon. Ich habe mir das Bild aller dieſer Gegenden tief eingeprägt; es iſt ſo angenehm, in einer weiten Entfernung die väterlichen Fluren in Gedanken zu durchirren; — das ſoll mir Stof für meine zukünftigen ſchwärmeriſchen Abende ſeyn. Und ich verſichre Sie, es iſt hier kein Bach, kein Hügel, der mir

mir nicht durch eine kleine Begebenheit aus meiner Kindheit oder Jugend merkwürdig wäre — wirklich nur durch kleine Begebenheiten, deren Andenken aber dem Manne, den sie angehn, schäzbarer sind, als eine Weltgeschichte.

Aspermonte. Das Citronenwäldchen, in dem Sie Blankan zum erstenmal sahn, und in dem Sie so oft träumten, haben Sie vermuthlich vergessen?

Julius. Wie sollt' ich, Aspermonte, wie sollt' ich das? ich habe darin noch einige unschäzbare Minuten zugebracht; und wenn ich etwas von der Gegend mitnehmen könnte, so sollt' es dies Wäldchen seyn.

Zulezt besucht' ich noch die Gruft meiner Väter. — Ein wahres Bild des Standes der Fürsten, dacht' ich, als ich die silbernen Särge, und die verrotteten Fahnen sah! — Bey ihnen ist alles so, wie in jedem andern Stande, die Flittern ausgenommen, die sie allem, was sie angeht, anhängen. Die Hand voll Staub in diesem Sarge, ehmals der grosse Theoderich, liebte den Schädel in jenem, einst die schöne Agnese! — Können sie doch jezt ruhig schlafen, ohne daß ein Kammerherr im Vorsaal zu zischeln braucht: Pst. Dieser erstickende Dunst ist wie der Dunst aus der Gruft eines Bettlers, und kein Schmeichler kann sagen, er duftet

lieb-

lieblich. Faulet nicht Theoderichs Hund so gut, als Theoderich, ob gleich an seinem Grabe kein verrostetes Schwerd und Scepter liegt — Hm, dacht' ich, ich werd' auch schon vermodern, wenn es gleich in keinem Erbbegräbnis geschicht.

Aspermonte. Ihre Anmerkungen sind richtig, aber es lassen sich bey eben der Gelegenheit auch andre machen, die eben so richtig sind. — Lassen Sie den Stand eines Fürsten seine Flittern haben; — ist es dennoch der, für den Ihre grosse Seele gemacht ist. Sie verachten die Stände nicht, die diese Flittern nicht haben, denn sie sind Nebenwerk. — Gut, in dem Stande, der sie hat, sind sie auch Nebenwerk. — Julius, Sie sind bestimmt, die Glückseligkeit vieler Tausende zu gründen, und Ihr ganzer Zweck soll nun das Vergnügen und der Zeitvertreib eines einzigen Weibes seyn?

Julius. Sie erzürnen mich, Aspermonte — Doch reden Sie, ich bin ja kein Fürst mehr.

Aspermonte. Auch auf die Art will ich es Ihnen zeigen, daß ein Fürst Freunde haben kann. Bedenken Sie noch einmal den Tausch, Vater und Vaterland für ein Weib?

Julius. Ich bin wie ein Standhafter auf der Folter, Ihre Vorstellungen können mich quälen,

aber

aber meinen Entschluß nicht besiegen — Sie haben recht, ich opfre ihr, Vater und Vaterland; aber ist ein minder edles Opfer Blankas würdig? — Wenn ich für sie diese theuren Gegenstände misse, so wird es mir vorkommen, als wenn sie mit ihr zusammenschmölzen. — Vater und Vaterland will ich in ihr lieben. — Ich bin auf meine eigne Liebe eifersüchtig; nichts soll sie mehr theilen, alles, was meine ganze Natur von Neigungen zu äusern Dingen aufbringen kann, soll ihr gehören.

Aspermonte. Noch eine Vorstellung, Prinz! Wenn Sie blos das Glück ihres Volks nicht machten, so wären Sie zu entschuldigen, aber Sie machen sein Unglück. Ihrem Entschluß zufolge ist Guido sein künftiger Beherrscher.

Julius. Ich reise! — vielleicht haben Sie ihren Entschluß geändert?

Aspermonte. Nein, Prinz, wenn Sie auf den Ihrigen bestehn; — ich folge.

Julius. Und wo treffen wir uns heut Abend?

Aspermonte. Um Eilf Uhr und an der Eleonorenkirche — Kleider zum Unkenntlichmachen schick ich Ihnen noch vorher zu.

Julius.

Julius. Noch einen harten Stand hab' ich, den Abschied von meinem Vater — Bedenken Sie, von ihm auf ewig Abschied zu nehmen, ohne daß ers weiß. Sehen Sie, so sehr bin ich Bürge für die Festigkeit meines Entschlusses, daß ich in Rücksicht auf ihn diese Zusammenkunft nicht scheue; — aber sie wird mein ganzes Wesen erschüttern.

Aspermonte. Fassen Sie sich, er kommt; ich kann seinen Anblick nicht ertragen. (geht ab.)

Julius. Himmel, jetzt und in meiner Todesstunde hilf mir!

Dritte Szene.

Fürst. Julius (den ganzen Auftritt durch tiefsinnig.)

Fürst. Noch immer diese traurende Mine, Julius? — Hast Du denn heut nicht Einen fröhlichen Blick für Deinen Vater on seinem Geburtstage? — Doch genug, ich bitte Dich um Verzeihung, wenn ich vorhin zu heftig gegen Dich geredet habe.

Julius. (sanft des Alten Hand ergreifend.) Mein Vater —

Fürst. O mir zerschmilzt das Herz, wenn ich Dich nur erblicke. Die Tage der Entwürfe sind bey mir vorbey, und die Zeit der Jugend ist vorüber, wo in einem Wunsche schon tausend andre liegen, wie in einem Saamenkorn ein künftiger Wald schlummert. Siehe, hier ist für mich keine Zukunft mehr. Nur Dich glücklich und gros zu sehen, das ist mein einziger Wunsch. (Pause.)

Julius nimm mir die reizende Aussicht nicht, daß Du einst den Segen meiner Bürger, den ich Dir hinterlasse, vergrössert Deinem Nachfolger übergiebst, und daß den künftigen Fürsten von Tarent bey Deinem Namen das Herz für Nacheiferung poche.

Macht Dich der Gedanke nicht wonnetrunken, daß durch Nachahmung deiner Thaten andre edel handeln; und daß durch Deinen Nachruhm gereizt, deine Kinder berühmt werden, wie ein Feuer andre anzündet, ohne selbst zu verlöschen?

(Pause. Julius steht tiefsinnig; Fürst umarmt ihn.)

Hinweg mit dieser traurenden Mine! Erstling meiner Liebe, der mir mein Weib theurer machte, und mir zuerst den Namen Vater entgegen lallte. — Mein Erstgebohrner, dem ich meinen besten Segen aufhebe.

Julius. O mein Vater, geben Sie mir jetzt diesen Segen.

Fürst.

Fürst. (legt ihm die Hand aufs Haupt.) Sey weise! (Julius küsset die Hand mit Wärme und geht ab.)

Fürst. O mein Sohn, warum fleuchst Du das Angesicht deines Vaters?

Vierte Szene.

Fürst. Erzbischoff. Ein Bedienter.

Fürst. Gott! — Doch ich will mich zwingen. Ich habe heut viel gethan, viel gelitten, und, wie ich denke, einen vergnügten Abend verdient, wenn ich ihn nur haben könnte.

(Der Erzbischoff tritt auf.)

Fürst. Bruder, ich bin in einer Laune, die sich für einen Geburtstag schickt. Meine Empfindungen sind so melancholisch feyerlich. Laß uns eine Flasche zusammen trinken.

Erzbischoff. Wie du willt.

Fürst. In dieser Laune zeigt der Wein, er sey ein Geschenk des Himmels. Da knüpft er die beyden besten Zipfel, die Traurigkeit und Freude haben, zusammen. (Unterdessen bringt ein Bedienter eine Flasche und Gläser.)

He Thomas, setz dieses Tischgen dem Gemählde von Anchises und Aeneas gegen über! (Sie

Erzbischoff. Ganz gewiß.

Fürst. Nun will ich heut Abend auch recht fröhlich seyn. Vergessen, daß ich Vater — Himmel! — Kurz, ich will fröhlich seyn. O wenn ich mein künftiges Fest wieder unter meinen Kindern feyern könnte — und Caecitia wär Julius Weib! Das Mädchen ist mein Abgott. — Bruder, mein bischen Klugheit kostet mir sechs und siebenzig Jahr, und wenn Du einen Tag davon nimmst, so nimmst Du mir ein Stück von jener, und bey diesem achtzehnjährigen Mädchen blühen Weisheit und Schönheit an einem Morgen, Gewächse verschiedner Himmelsstriche auf einem Beete, so nahe, daß ihre Farben in einander spielen. Und die Bescheidenheit — diese lieblichen Blumen scheuen den Strahl der Sonne, und hauchen im Schatten ihre süßesten Gerüche aus. — Wie muß einem Jüngling, der sie gesehn hat, der Hofweiber ekeln, bey denen Schminke und Wizeln im schändlichen Bunde stehn.

Erzbischoff. Bruder, Du deklamirst. Bist Du Askanius, oder Anchises?

Fürst. Wenn nur Julius diese Reize fühlte! — Es ist noch etwas in der Flasche. Laß uns das auf ein Motto trinken, das sich für Greise schickt. — Auf ein rühmliches Ende! (Sie trinken.)

Fünfte Szene.

Eine Straße in der Ferne des Justinenklosters.

Guido. Ein Bedienter. (beyde verlarvt.)

Guido. (Nimmt die Larve ab.) Woher kannst Du das behaupten?

Bedienter. Ganz gewiß, gnädiger Herr, sie können noch nicht hier seyn, ihr Herr Bruder ging kaum fünf Minuten vor uns aus dem Pallaste.

Guido. O deswegen achtete der Bube auf meine Versicherungen so wenig. — Nichts sollt' ich bey Blankan seyn? — nicht einmal ein Nebenbuhler, nicht einmal eine Folie, um seinen Glanz zu erheben! Aber beym Himmel! — Siehe, ist das seine Bande, die dort die Justinengasse herauf zieht?

Bedienter. Ja, gnädiger Herr.

Guido. Laß uns etwas abseits treten, und daß Du dich nicht unterstehst, einen Finger zu rühren. — Allein will ich sie zerstieben, und keiner soll nachher mein Gesicht sehen, ohne zu erröthen, von Julius an bis auf den Knaben, der die Fackel trägt.

(Guido und sein Bedienter gehn etwas auf die Seite.)

Sechste

Sechste Szene.

Julius. Aspermonte, mit einigen Bewafneten, (alle verlarvt.) Zuletzt Guido.

Aspermonte. Hier laßen Sie uns warten. — Einen beßern Abend hätten wir nicht treffen können. Wie schön der Mond scheint.

Julius. Vortreflich, und ich habe nie die Nachtigall zärtlicher schlagen, oder die Grille angenehmer zirpen hören.

Aspermonte. Sie haben auch noch nie Ihr Brautlied gehört.

Julius. Und doch hör ich es etwas bange, eher mit dem unruhigen Erwarten einer Braut, als dem raschen Entzücken eines Bräutigams.

Aspermonte. Faßen Sie Muth.

Julius. Mein Muth wird schon wiederkommen, wenn nur erst Gefahr und Tumult da wär.

Aspermonte. Sehn Sie, in der Kirche ist noch Licht, die Nonnen halten die lezte Hora.

Julius. Ach Blanka hat auch für mich gebetet; — Mein Name in Blankas Stimme im Himmel gehört, was für eine Idee!

Einer

Einer von den Bewafneten. Sehn Sie, Herr, die Rakete — dort über der Kirchhofsmauer?

Aspermonte. (sieht sich um.) Wo? ja dorten, so ist Philipp mit den andern schon an der Gartenthür! Eine Pistole, Thomas! — Man möchte die Thür verschliessen, wenn man uns so in hellen Haufen anziehen sähe. Ich will allein voraus gehn, und mich des Thürhüters versichern. —

Julius. Thun Sie das.

(Aspermonte geht einige Schritte vorwärts.)

Guido. (der mit gezogenem Dolche auf ihn zuspringt.) Halt, so leicht entführt man Guidos Geliebte nicht!

Aspermonte. Ist das die Stimme eines Fürsten, oder eines Banditen?

Guido. (reißt sich die Larve ab.) Was? — Bandit?

Julius. (der mit den übrigen näher gekommen.) Sey ruhig, Bruder! — Du wirst mich nicht hindern. — Marcellus, Aemilius, haltet ihm die Hellebarden vor!

Guido. Mich halten? Guidon von Tarent! (Er ersticht Julius.)

Julius. (indem er sinkt.) Blanka!

Asper-

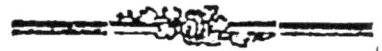

Aspermonte. (wirft sich auf den Leichnam.) Julius, Julius ermuntern Sie sich!

Guido. So schwer wird mich der Himmel nicht strafen.

Aspermonte. (Schreyt dem Leichnam ins Ohr.) Blanka, Blanka! (springt auf.) Da er das nicht hört, wird er nie wieder hören. (wirft sich wieder auf den Leichnam.)

Guido. Erst eben starb er. — Denn erst eben fuhr der Fluch der Brudermörder durch meine Gebeine! — Seht ihr nicht das Zeichen an meiner Stirne, daß mich niemand tödte? Aspermonte, Fluch über mich und dich!

Aspermonte. (dreht sich um.) Behalt Deine Flüche für Dich, ich will mir selber schon fluchen.

Guido. Nun so werde denn der ungetheilte Fluch über mich ausgegossen, und daß kein Blitz bey zu sprütze! (geht ab.)

Aspermonte. (nach einer Pause.) Ach, es war Dein Sterbelied — (Springt auf und nimmt Guidos blutigen Dolch.) Da, Thomas, bring ihn dem Alten, frag ihn, ob das sein und seines Sohnes Blut sey. (Thomas nimmt den Dolch und geht ab.) Bey alle dem ist er doch ein Greis; — doch ich

kann

kann mich, ja selbst zum Greise machen! (zieht den Degen.) Marcellus führe mein Pferd vor.

Marcellus. Wohin? gnädiger Herr!

Aspermonte. Die Frage eines Dummkopfs! — nach Ungarn in die Säbel der Ungläubigen.

Fünfter Akt.

Erste Szene.

Die Gallerie im Pallast, sparsam erleuchtet. Hinten liegt Julius Leiche auf einem Bette und ist mit einem Tuche bedeckt. Ein Tisch mit einigen Leuchtern.

Der Fürst. Ein Arzt.

Fürst. Keine Hülfe! Keine Hülfe! Gott! Lieber Doktor! die Natur eines Jünglings ist stark, und meine siebenzigjährige Tugend ist auch stark.

Arzt. Ach, gnädiger Herr!

Fürst. Hilft denn nichts? — Nichts im Himmel und auf Erden? Kein Kraut, kein Balsam, nicht das Leben eines alten Mannes, nicht das Blut eines Vaters? — Lieber Doktor, jetzt glaub

glaub' ich Sympathie, und Wunder, und Alles! —

Arzt. Meine Kunst ist am Ende.

Fürst. Ach was ist es schwer, sein Unglück zu glauben. Noch immer redet eine innre Stimme so helle dawider. Die Stimme eines Gewissens, wenn ich sie kenne.

Arzt. Freylich läßt sich die Einbildung nicht so leicht überreden, daß ein Blitz in einem Augenblick die so lang gesehene Erndte dahin genommen —

Fürst. Und den Acker in Fels verwandelt habe; denn ich werde keine Freuden mehr tragen! — Gut! ich bin Richter. — Also keine Hülfe Doktor?

Arzt. Für den Prinzen nicht, aber für Sie! — Kommen Sie, gnädiger Herr.

Fürst. Für mich? — Mir können Sie helfen, und meinem Sohne nicht? — Gehn Sie. Ihre ganze Kunst ist Lügen — (zornig.) Gehn Sie!

(Arzt geht ab.)

Zwey=

Zweyte Szene.

Der Fürst.

Hätt' ich's doch nicht gedacht, daß in der bissgen Neige meines Lebens bittres wäre, als Tod!

(er deckt Julius Gesicht auf.)

Mein Sohn, mein Sohn! —

So lange war ich Vater, und muste erst kinderlos werden, um zu wissen, was ein Vater sey. — Da liegen nun meine angenehmen Entwürfe! — In deinen Kindern, dacht' ich, noch lange zu leben, das süsse väterliche Band, dacht' ich, wird immer eine Generation mit der andern, und mich mit einer späten Nachwelt verbinden — Ja, Nachwelt? — kinderlos, unbeweint werd' ich sterben! Wer wird mich beklagen? — Ein Fremder drückt mir gleichgültig die Augen zu, spricht höchstens: Gott sey seiner armen Seele gnädig, und legt sich ruhig schlafen. — Hält es der Höfling der Mühe werth, um den letzten eines Hauses unbeobachtet zu weinen? und wenn ich vorher Klagen miethete und Seufzer bezahlte, sie würden mir nicht Wort halten.

Schändlich, schändlich bist Du gefallen! (er giebt dem Leichnam die Hand und schüttelt sie.) Aber ich verspreche Dir Rache! — Was lächelst Du,

Du, Leichnam? fürchte nichts von der väterlichen Liebe! — Dein Mörder ist mein Sohn nicht, mein Weib war eine Ehebrecherin, und sein Vater ein Bube. — Was ist Deine Hand so kalt, — aber eben so kalt will ich ihn dir opfern — daß sein kochendes Blut auf meiner Hand, wie auf Eis, zischen soll!

— Aber ist das der Ton eines Richters? — ich muß mich noch mehr abkühlen — Noch einen Gang unter den Ulmen.

(geht ab.)

Dritte Szene.

Blanka.

(mit aufgelöstem Haar läuft herein.)

Wohin, wohin haben sie Dich getragen! (deckt das Tuch ab, und wirft sich über den Leichnam.) Julius, Julius — ach er ist wahrhaftig todt.

Zeter über mir, ich bin sein Mörder! (Pause.) Julius, Julius — ach könnt' ich nur meinen Schmerz in einen Schrey zusammenpressen, er müste, er müste erwachen. — Warum bin ich geboren, warum bin ich geboren! O würde doch alles, was da ist, vernichtet! — (wirft sich wieder über den Leichnam; Pause, etwas gemäßigt.) Julius, Julius, wenneher giebst Du mir meinen

meinen Rosenkranz wieder zum besten Hochzeits-
geschmeide? aber auch ich, auch ich will ein Zeichen deines jetzigen Standes. (zieht ein Messer
hervor, faßt eine von Julius Locken, um sie abzu-
schneiden, fällt aber von neuem auf den Leichnam.)
Deine Mörderin, Deine Mörderin! (Pause.) Fasse
Muth, Blanka! Du hast den Kelch des Leidens
schon ganz ausgeleert, was Du jetzt schmeckst, ist
sein Hefen -- Verzweiflung! (schneidet die Locke
ab, und wickelt sie um den Finger.) Das ist der
Trauring, den ich meinem Kummer geben will,
mich nicht von ihm zu scheiden, es sey denn, daß
uns der Tod scheide -- ist das Strafe genug
für eine Mörderin? -- O ich will thun, was ich
kann. -- Hier leg ich Dir das Gelübde eines be-
ständigen Leidens ab, (küßt ihn.) hier hast Du
alle meine Freuden, (küßt ihn.) hier hast Du m'in
ganzes Glück -- Nimm sie, Julius -- Seine
Mörderin, Seine Mörderin! -- umsonst laß' ich
die Spize des Gedankens auf meine Seele fallen,
der Tod versteht den Wink nicht.

Vierte Szene.

Blanka. Caecilia. Zuletzt eine Nonne.

Caecilia. Du hier, Blanka!

Blanka. Laß mich, laß mich! bist Du gekommen, mir meinen Schmerz zu rauben. — Wahrhaftig nicht — — Wahrhaftig nicht. Es ist jetzt mein liebstes, jetzt hat er keinen Nebenbuhler mehr.

Caecilia. Ich bin nicht gekommen, Dich zu trösten; — ich bin kein Bote des Himmels.

Blanka. Seine Mörderin! Seine Mörderin!

(sieht den Leichnam tiefsinnig an.)

Caecilia. Ich bitte Dich, Blanka, bedenke, was Verzweiflung ist, komm mit mir — laß Deinen Schmerz Schmerz bleiben, auch ich, ich kann den Anblick des Leichnams nicht aushalten. (sie weint.)

Blanka. (die immer den Leichnam starr ansieht, mit ruhiger Stimme.) O daß der Mensch so über die Erde hingeht, ohn' eine Spur hinter sich zu lassen, wie das Lächeln über das Gesicht, oder der Gesang des Vogels durch den Wald!

Caecilia. Armes, unglückliches Geschöpf! —

Blanka.

Blanka. Siehe, da liegt er im Schooße der Erde — Sonne und Mond halten über ihn den ewigen Zirkeltanz, öfnen und schliessen das fruchtbare Jahr; und er weiß es nicht, das Herz, das mich liebte, wird Staub, zu nichts mehr fähig, als vom Regen durchnässet und von der Sonne getrocknet zu werden —

Caecilia. Der ganze Julius ist nicht tobt.

Blanka. Kennst Du die Haarlocke?

Caecilia. Es scheint Julius Locke zu seyn — aber ich bitte Dich, warum rollst du die Augen so wild?

Blanka. (in einem muntern Tone.) Wer Du auch seyst, liebes Mädchen, freue Dich mit mir. Heut, heut ist endlich der Tag meiner Verbindung! — o was sind mir meine vorigen Quaalen so lieb!

Caecilia. Hilf gütiger Himmel! sie hat den Verstand verloren.

Blanka. Aber siehe es ist schon Mitternacht, alles wartet, und Julius kommt nicht! — — Ich bitte Dich, warum werden die Hochzeitgäste so blaß? Siehe, das Schrecken sträubt mir das Haar empor, daß mir seine Spitzen den Brautkranz herabstossen — Ich unglückliche Braut, da

da bringen ſie Julius Leichnam! (zeigt auf den Leichnam.)

Caecilia. (ängſtlich.) Kennſt Du mich nicht Blanka? — Wenn ſie der Alte hier fände; komm mit mir Blanka!

Blanka. Merk' auf meine Worte, Mädchen, denn ich rede Wahrheit; das Menſchengeſchlecht wird nimmermehr ausſterben, aber unter Tauſenden kennt kaum Einer die Liebe.

Caecilia. O ich dacht' es, daß ihre Ruhe betröge. Liebe? —

Blanka. Hülfe, Hülfe! — das Ungeheuer, das alle Augenblicke ſeine Geſtalten verwandelt, verſchlingt mich! In was für ſchreckliche Formen es ſeine Muſkeln wirbelt — ein Leopard, — Tiger, — Bär! (ſchreyend.) Guido!

Caecilia. Ich bitte Dich, Kind, geh mit mir!

Blanka. (die in Caeciliens Arme ſinkt.) Liebe Caecilia, es iſt ein groſſes Unglück, ſeinen Verſtand zu verlieren.

Caecilia. Gott ſey Dank — ich hoffe der Zufall ſoll blos die Wirkung des erſten Schrecken ohne folgende ſeyn. Aber, ich bitte Dich, komm mit mir.

Blanka. Ach ich habe mein Gelübde des ewigen Leidens gebrochen! da erſcheint mir Julius

der

der Engel, mit der Schaale des Zorns, deren Dunst schon Tod ist — ach ich habe mein Gelübde des ewigen Leidens gebrochen — geuß Deine Schaale aus!

Julius, es ist eins, Vernichtung oder ewige Quaal; und laß keine Deiner lindernden Thränen hinein fallen, um sie zu mildern.
(Eine Nonne tritt auf und geht auf Blanka zu.)
— Bist Du hier Blanka? wir haben Dich alle gesucht.

Caecilia. Ach die Unglückliche ist verrückt — aber warum liefst ihr sie aus dem Kloster?

Nonne. Verrückt! — Verrückt? —

Caecilia. (zornig.) Aber warum liefst ihr sie auch aus dem Kloster?

Nonne. Wahrhaftig wir sind unschuldig — sie erfuhr es gleich, und wollte zu ihm, wir hielten sie ab, und da hat sie einige Stunden in wütendem Schmerz zugebracht — Gott, ich möchte das nicht noch einmal sehn! — auf einmal ward sie ausserordentlich ruhig, wir brachten sie in ihre Zelle, und so ist sie uns entsprungen.

Blanka. Julius, diese Erschütterungen sind unnatürlich. Ich seh es, ich seh es, das Ende der Tage ist gekommen, die Schöpfung seufzet den lebendigen Odem wieder aus, und alles, was da ist, ge-

gerinnet wieder zu Elementen. Siehe, der Himmel rollet sich angstvoll, wie ein Buch, zusammen, und sein schüchternes Heer entflieht! — Im Mittelpunkt der ausgebrannten Sonne steckt die Nacht die schwarze Fahne auf — Julius, Julius, umarme mich, daß wir mit einander vergehen.

Caecilia. O Gott — beste, beste Blanka, laß uns gehn.

Blanka. (indem sie näher an den Leichnam tritt.) Ha, wie ruhig er schläft, der schöne Schäfer! Laß uns einen Kranz winden, und ihn dem Schlafenden aufs Haupt sezen, daß er, wenn er erwacht, unter den Schäferinnen eine suche, die vor ihm erröthe! (leise.) aber ich werde zu laut! Pst! Pst! daß der schöne Schäfer nicht erwache! (geht schleichend mit Caecilia und der Nonne ab.)

Fünfte Szene.

Fürst. Erzbischoff. Zulezt Thomas, ein Bedienter.

(Der Fürst drängt sich herein — Der Erzbischoff will ihn daran verhindern.)

Fürst. Laß mich, laß mich!

Erzbischoff. Nein, Bruder, Du darfst nicht in den Saal, Dein Schmerz ist zu groß!

Fürst.

Fürst. Stelle mich für ein Gericht von Vätern, und ich will meinen Schmerz verantworten --- aber nicht gegen einen Priester. Was väterliche Liebe ist, versteht niemand als ein Vater. Bruder, schwaze von Büchern und Kirchen!

Erzbischoff. Ich darf, ich darf Dich nicht lassen.

Fürst. Was! hier ist Tarent, und ich bin Fürst von Tarent! — Und was brauch' ich mich darauf zu berufen. Ist es ein Majestätsrecht, sein Haar am Sarge seines Sohnes auszuraufen? — das kann ja jeder Bettler.

Erzbischoff. Ich kenne Dein Herz, und schaudre vor dem, was es jezt leidet.

Fürst. Nicht doch — mein Schmerz ist ja so ruhig, und hier bin ich am allerruhigsten, ich seh hier an seinem Leichnam sein ruhiges Lächeln, aber abwesend erscheint er, und fodert mit fürchterlichen Geberden Blanka und sein Leben von mir.

Erzbischoff. Gut, Bruder, ich will Dich noch eine halbe Stunde allein lassen --- --- aber denn gehst Du auch mit, versprich mir das.

Fürst. Ich versprech' es Dir.

(Erzbischoff geht ab.)

Jezt bin ich so als ich seyn soll --- --- He Thomas!

(Tho-

(Thomas kommt.)

Haſt Du den Pater geholt?

Thomas. Ja er iſt im Vorzimmer.

Fürſt. Laß ihn ins Nebenzimmer treten, und ruf Guido. (Thomas geht ab.) — Kalt, kalt meine Seele, daß der Vater dem Richter nicht ins Amt greife, das iſt billig, ich will ja dieſes nur einen Augenblick ſeyn, und jenes mein ganzes Leben.

(er nimmt unter dem Tuch zu Julius Füßen Guidos blutigen Dolch heraus, und macht damit die Pantomime, als wenn er auf jemand zuſtieße.)

Gut — Gut — die alten Sehnen ſind ſtärker, als ich dachte — (er legt den Dolch wieder weg.)

Sechſte Szene.

Fürſt. Guido.

Guido. Hier bin ich Vater — ich haſſe das Leben, und ich werde mich an Sie halten; Sie haben es mir gegeben.

Verbeſſern Sie nun, was Sie verdorben haben.

Fürſt. Still — tritt näher! (indem er Julius Geſicht aufdeckt.) Kennſt Du den Leichnam?

Guido. Den Tod Vater!

Fürſt.

Fürst. Kennst Du den Leichnam?

Guido. Ach, ich kenne ihn!

Fürst. (indem er Guidos Dolch zu Julius Füßen aufdeckt.) Kennst Du den auch?

Guido. Nur halb, (indem er darnach greift.) aber ich werde ihn ganz kennen lernen.

Fürst. (hält ihn ab.) Häufe nicht Sünde auf Sünde! — Verflucht sey die Stunde, in der ich mein Weib zum erstenmal sah; — Verflucht jeder Tropfen, den die Hochzeitsgäste tranken, jeder Reihen, den sie tanzten; verflucht mein hochzeitliches Bette, und seine Freuden!

Guido. Fluchen Sie nicht auf Ihr Leben! Ihren Namen wird die Nachwelt mit Ruhm nennen, aber wenn sie meinen kennt, so hat sie ihn an einer Schandsäule gelesen: — den Tod Vater!

Fürst. Guido, Guido, dacht' ich es, Du würdest mir zwey Söhne rauben, als die Hebamme zu mir sprach, Herr, Ihnen ist ein Sohn geboren, und Dich zum erstenmal auf meine Hände legte? Ach Guido, Guido!

Guido. Den Tod Vater! ach man hat mich auf ewig aus dem Tempel des Ruhms ausgeschlossen! und vielleicht bin ich es auch aus den Wohnungen der Seligen. — Nur Tod kann mein Verbrechen tilgen, das Brandmark der Sünde an meiner Stirne auslöschen — Den Tod Vater!

Fürst.

Fürſt. Daß ich keinen Vater mehr habe! --- Armer alter Mann! Liegt doch genau so viel Unglück auf mir, als mein Gehirn tragen kann; gütiger Himmel, gieb nur noch ein Quentchen Unglück mehr, als es trägt! Dann seh ich in der Phantaſie meine einträchtigen Kinder immer neben mir. Wer über ein Unglück verrückt iſt, ſieht ja immer das entgegengeſetzte Glück --- aber ich bin ſo ausgezeichnet unglücklich, daß das vielleicht nicht einmal bey mir einträfe. Und ſoll ich doch noch hier eine angenehme Stunde haben, ſo muß es ja in der Raſerey ſeyn. Nicht wahr, Guido?

Guido. (kalt.) Es giebt mehr Dolche, auch Feuer und Waſſer, Berge und Abgründe.

(er will abgehn.)

Fürſt. Du ſollſt ſterben --- als der Vater meiner Unterthanen darf ich es nicht leiden, daß unſchuldig Blut auf dem Lande klebe, und Krieg und Peſt und alle Landplagen herbey rufe --- Von meinen Händen, als ein Fürſt, ſollſt Du ſterben. Daß aber das nicht unbereitet geſchehe, wartet im Nebenzimmer ein Pater auf Dich.

Guido. Ich bin augenblicklich wieder hier.

(geht ab.)

Siebende Szene.

Fürst.

Wahrhaftig es wird Tag — ich dacht' es würde nie wieder helle. — (Er nimmt den Dolch.) Guidon straf ich? — und wer ließ Blanka ins Kloster bringen? — (besieht die Spize des Dolchs.) ha ich bin lüstern nach Dir — wenn du so gut Wesen zerschneiden könntest, als das Band zwischen zwey Wesen — Aber wer ist mir Bürge, daß in ewigen Strafen diese Geschichte nicht Millionen mal wieder komme! (steckt den Dolch weg.) Geh Spielzeug, Du bist um kein Haar besser, als jeder andre Trost der Erde!

Selbstmord ist Sünde! — aber wir werden Dich ohne Selbstmord quälen, Constantin, wir werden Dich quälen.

Selbst einen Hang zur Traurigkeit möcht' ich hassen können — Hang das ist ja Vergnügen! — Was das Vergnügen hinterlistig ist! aber dies eine, denk' ich, soll die andern schon verscheuchen — immer will ich diese Geschichte sehn — sie mahlen — oft mahlen lassen, auf ein Gemählde soll der erste, und auf das andre der lezte Strahl der Sonne fallen — Mit dem Namen Julius, sollen sie mich einen Tag wecken, und

mit

mit dem Namen Guido den andern! — ein Lied will ich aus dem ganzen Jammer machen, und das soll mir Blanka um Mitternacht singen.

Achte Szene.

Fürst. Guido.

Fürst. So geschwind, Guido? — hat Dir der Himmel vergeben?

Guido. Ich hoff' es.

Fürst. (Ihn umarmend.) Ich vergebe Dir auch. Bring Julius diesen Kuß des Friedens.

Guido. (stürzt sich auf den Leichnam.) Erst itzt mag ich mich Dir nähern — Verweile, verweile, Märtyrer, wenn Du noch nicht in den Wohnungen der Seligen bist, verbirg mich Sünder in deinem Glanze, daß ich mit hineindringe!

Fürst. Noch einmal umarme mich, mein Sohn! (umarmt ihn mit dem einen Arm, und durchsticht ihn mit der andern Hand.) Mein Sohn! Mein Sohn!

Guido. (sterbend. Fällt über den Leichnam, und ergreift dessen Hand.) Versöhnung mein Bruder; (giebt die andre Hand sprachlos seinem Vater.)

Fürst.

Fürst. (fällt auf die Todten, liegt einige Zeit auf denselben, und geht nachher verzweifelnd auf und ab.) Ja! Ja ich lebe noch! (geht wieder auf und ab.)

Neunte Szene.

Fürst. Erzbischoff.

Erzbischoff. Bruder, was hast Du gemacht!

Fürst. Mein oberrichterliches Amt zum letztenmale verwaltet. Jezt gieb den Carthäusern Befehl, daß sie mich bey sich aufnehmen, übernimm so lange die Regierung, und laß dem König von Neapel wissen, daß er mein Fürstenthum in Besiz nehme.

Erzbischoff. Bedenke Dein Alter, und was ein Carthäuser ist!

Fürst. Mein Haus ist gefallen, die jungen Orangenbäume mit Blüthe und Frucht sind umgehauen, es wär ein schändlicher Anblick, wenn ich alter verdorrter Stamm allein da stünde.

Auch hat mich der Schmerz schon zu einem Carthäuser geweiht. Memento mori.

Erzbischoff. Ich beschwöre Dich, bedencke, was Du Deinem Lande schuldig bist, und die harte neapolitanische Regierung!

Fürst. Memento mori.

Erzbischoff. (umarmt ihn.) Bruder, Bruder!

(Der Vorhang fällt zu.)